내 인생을 바꾼 사람들

57가지 삶의 색을 담은 에세이집

이루미, 이윤정, 권세연 기획
보통 사람들 지음

이루미 이윤정 권세연 김채영 최은미 엄일현 윤정희 조유나 구지혜 최순덕 오제현 강연미
장유진 김나경 이고은 백지원 엄해정 박금심 국성희 윤　미 전우리 이선영 엄채영 이수미
양선주 김조은 우윤화 서현자 박혜정 유경민 이은미 김소영 이진숙 조혜숙 이주연 유유정
장정이 양　선 이소희 김순천 김나연 김미조 김선영 박주영 이한나 정연홍 탁영란 홍현정
동　임 양서연 지해인 김연화 한미정 강진아 김　응 오드리 조은미

청어 ^{도서출판}

내 인생을 바꾼 사람들

보통 사람들 지음

발 행 처 · 도서출판 청어
발 행 인 · 이영철
영   업 · 이동호
홍   보 · 천성래
기   획 · 남기환
편   집 · 방세화
디 자 인 · 이수빈 | 김영은
제작이사 · 공병한
인   쇄 · 두리터

등   록 · 1999년 5월 3일
(제321-3210000251001999000063호)

1판 1쇄 발행 · 2022년 5월 10일

주   소 · 서울특별시 서초구 남부순환로 364길 8-15 동일빌딩 2층
대표전화 · 02-586-0477
팩시밀리 · 0303-0942-0478

홈페이지 · www.chungeobook.com
E-mail · ppi20@hanmail.net
I S B N · 979-11-6855-031-5(03810)

내 인생을 바꾼 사람들

이루미 이윤정 권세연 김채영 최은미 엄일현
윤정희 조유나 구지혜 최순덕 오제현 강연미
장유진 김나경 이고은 백지원 엄해정 박금심
국성희 윤 미 전우리 이선영 엄채영 이수미
양선주 김조은 우윤화 서현자 박혜정 유경민
이은미 김소영 이진숙 조혜숙 이주연 유유정
장정이 양 선 이소희 김순천 김나연 김미조
긴선영 박주영 이한나 정언홍 탁영란 홍현정
동 임 양서연 지해인 김연화 한미정 강진아
김 응 오드리 조은미

프롤로그

이루미 & 권세연

"나이 마흔에 모든 게 처음인 것 같아. 몸은 어른인데 마음은 사회 초년생이라 서럽네."

학교를 졸업하고 바로 결혼한 친구가 내조와 육아에 집중하다 직장에 다니기 시작하며 우리에게 한 말이다. 그녀는 누구에게도 뒤지지 않을 만큼 살림, 내조, 육아를 잘하는 프로였다. 그러나 강산이 변할 정도로 긴 시간 동안 노력했던 그녀의 일은 사회에서 인정받지 못했다. 본인도 당당하게 내세울 경력으로 생각하지 않았다.

회사에서는 나이에 맞지 않게 서투르니 그녀는 위축되었고, 함께 일하는 사람들은 답답했다. 사회 경력이 단절되었던 주부가 다시 사회에 나가면서 누구나 겪는 일이고 마음이다. 뒤처지고 서럽지만 그럼에도 불구하고 그녀는 다시 세상 속으로 발을 내딛었다.

이 책에는 아직 집 밖으로 나오지 않은 주부부터 사회에서 잘 나가는 주부들까지, 돈 없는 주부부터 돈 많은 주부까지, 글을 처음 쓰는 주부부터 출간 작가까지 무려 57명의 주부가 모였다. 57명의 주부가 사회에서 단단하게 살아가기 위해서는 용기가 필요하다.

그렇게 용기 내어 살고 있는 그녀들 인생에 영향을 준 사람은 누구일까? 한 사람 인생을 바꾼 사람 이야기가 책에 담긴다면 더 많은 사람들이 용기 내어 세상으로 나올 수 있지 않을까? 라는 생각으로 이 책이 시작되었다. 우리들의 마음을 알고 싶은 사람부터 잘 살고 싶은 사람. 그리고 우리 같은 주부들을 변화시킨 사람들의 말과 행동에 공감하며 고개를 끄덕이게 될 것이다.

　책의 2%를 채웠지만 이 책을 채워간 주부 작가의 마음에는 수치로 설명할 수 없는 자부심이 생겼다. 누군가는 A4 한 장 가지고? 하겠지만 그 한 장엔 우리를 변화시킨 사랑이 있기 때문이다. 그리고 고마운 마음을 담아 그 분에게 진심을 선물할 수 있다. 그거면 됐다.

　귀한 사람보다는 자신을 귀하게 여겨주는 사람들을 만나 소중한 사람을 담은 아름다운 책 하나 펴낸 것이 우리들에겐 세상 밖으로 한걸음 딛고 나오는 용기가 되어 줄 거라 믿는다.

　소중한 글이 세상 밖으로 나올 수 있도록 정성스럽게 글 코칭 해주신 이윤정 작가님 그리고 우리 진행팀을 포함해 함께 애써주신 57명의 작가님들. 마무리를 빛나게 해주신 청어출판사 이영철 대표님과 방세화 편집장님 외 출판사 가족 분들께 감사를 전하며 우리의 이야기를 시작해 본다.

목차

내 인생을 바꾼 사람들

57가지 삶의 색을 담은 에세이집

늦지 않은 재부팅

투사타로 마음디자인연구소 대표 **최은미**

나에게는 3명의 딸이 있다. 그중에 둘째 딸이 5년 동안 사춘기 회오리바람에 휩싸여 방향을 잃고, 감정을 닫고, 소통의 단절까지 갔다. 처음에는 누구나 겪고 지나가는 바람인 줄 알았다. 회오리바람이 될 거라는 암시를 계속 나에게 보여주고 있었는데 난 그냥 바람이길 바라는 맘으로 무시했다. 그 무시가 가져다준 결과는 아이의 인생을 너무 비참하게 만들었다.

둘째는 초등학교 때까지 공부도 곧잘 하면서 발랄하고 창의적이며 속박을 못 참는 아이였는데 이 모든 걸 무시하고 공부 좀 한다는 학교에 입학시키자 중학교 3년 내내 전학을 청했다. 그때 전학은 도피라고 생각해서 인정해주지 않았다. 정말 힘들어했다. 후에 진심이라는 것을 알았다. 하지만 현실은 세 명의 딸들이 각각 다른 학교에 다니고 있었기 때문에. 둘째에 맞춰서 행동하기 어려웠다. 많이 지쳐있기도 했다. 졸업만 기다렸다. 둘째는 3학년 졸업 2달을 남겨 놓고도 전학이 안 되자 수업하다가 배 아프다고 조퇴하고, 생리통이라고 빠지는 일이 잦아졌다. 아이가 원하는 걸 시도라도 해보자는 심정으로 교육청에 문의했지만 결국 안 되었다.

둘째의 의견이 좌절되자 더 깊이 자신의 방 안으로 꼭꼭 숨어 들어갔다. 숨어 있는 아이는 나쁜 행동. 친구 등 어떤 것과도 연결되지 않고 조용한 나날을 보내고 있었다. 스스로 회복의 시간을 보내나 싶어 방해하지 말아야 한다는 생각으로 시간을 보냈다. 그때 둘째가 울거나 떼를 쓰는 아이였다면 아마 좀 달랐을 것이다. 그것을 알아차리지 못한 그때를 많이 후회한다. 심리 상담도 받았지만 말하는 것을 거부한 후 방문을 닫아버렸다. 고등학교 진학 후 교실에 가면 엎드려서 잠자기 일쑤였다.

어느 날 엄마인 내가 변할 수 있는 용기와 지혜를 달라고 기도했다. 우연히 타로 책을 읽다가 처음엔 독학했고, 보충은 청소년 관련 센터장님한테서 졸업했다. 타로를 갖고 봉사를 정말 많이 다녔다. 그냥 사람들의 생각을 읽고 싶었다. 둘째 또래의 아이들 상담 시 내 관심은 이 아이들의 대답에 집중했던 기억이 있다. 공통점은 '잔소리'였다. 잔소리 속에 숨겨진 아이의 생각은 '내 마음 나도 모르는데 어찌하라고…'였다.

이 아이들이 원하는 건 기다림과 믿음이었다. 그 간단한 단어. 기다림과 믿음을 그렇게 원하고 있었다. 딸의 사춘기는 나에게 세상을 바라보는 시선을 바꿔주고, 기다림을 가르쳐주고, 비우기를 알려주었다. 봄 햇살처럼 격려하면서 응원하는 지금의 나를 만든 기특하고 고마운 딸이기도 했다.

그동안 둘째는 표현도 못 하고 나보다 더 답답하고 힘들었겠다. 내가 원수라고 생각할 때 이 아이는 원수가 안 되려고 발버둥을 쳤구나! 그래서 엄마인 나에게서 멀어지려 했구나! 힘들었었구나! 이 긴 세월을 넘어 이제야 말하게 된 한마디 "정말 미안하다." 그리고 "사랑한다." 진심으로 둘째한테 말한 뒤부터 서먹하지만, 마음 한쪽을 조금씩 내주기 시작했다. 자신의 방문을 열고 눈부신 세상으로 한 걸음씩 나오고 있는 둘째를 위해. 또 둘째한테 주었던 상처를 다른 사람한테 주지 않기 위해 오늘도 마음공부에 전념한다.

이 도전이 인생을 바꿨다

투사타로 마음디자인연구소 대표　최은미

　난 기계치다. 그래서 새 휴대전화를 바꾸는 것이 크게 의미가 없다. 전화 받고, 걸고 가끔 유튜브나 네이버 검색 정도가 전부였다. 컴퓨터도 이메일 보내기와 인쇄 때문에 갖고 있었다.

　그런 나에게 기계치를 조금씩 벗어날 수 있는 일이 생겼다. 난 취미로 타로를 하고 있었고, 가끔 경험 삼아 봉사를 다니곤 했다. 그 봉사가 강의도 할 수 있게 해주고 상담 관계도 만들어 주었다. 2020년 본격적으로 코로나가 시작되면서 모든 활동에 제한이 생겼다. 타로는 대면으로 해야 효과가 더 나는데 말이다. 그러던 어느 날부터 비대면 강의가 가능하냐는 질문을 갑자기 받기 시작했다. 기계치인 나에겐 쉬운 일이 아니었다. 거의 단념할 무렵 평생교육관 담당자의 권유로 줌이라는 강의를 하루 수강할 수 있게 되었다. 한창 더운 여름 난 이렇게 줌 교육으로 오신 김동원 교수님과의 첫 만남이었다. 동작구에서 강의하시는 분들의 줌 교육을 위해서 오신 것이다.

　김동원 교수님께서 카톡방에서 강의를 들을 수 있게 2명에게만 선택권을 준다고 하셨다. 난 컴퓨터에 대해 좀 더 듣고 싶어서 무조건 1등으로 이름을 올렸다. 그랬더니 교수님이 단톡방에 초대해 주셨다. 2번째 만남은 줌 강의를 통해서였다. 난 정말 초짜라 질문을 하라고 하셨지만, 아는 것이 없어서 질문하지 못했다. 커피 한 잔으로 강의에 대한 감사의 마음을 드리고 싶었는데 당시 난 카톡에서 선물을 보낼 줄 몰라 난감했다. 그러다 보니 '컴퓨터 내용을 못 따라가서 나 혼자만의 취미 타로로 남겠다.'라는 엉뚱한 걱정을 하기 시작했다.

걱정도 잠시…. 카톡으로 선물을 보낼 줄 모른다고 김동원 교수님께 솔직하게 말씀을 드렸다. 그리고 속으로 생각했다. '교수님께서 날 무척 한심하게 생각하시겠구나. 선물만 해결하면 카톡방을 나와야지.'라고…. 나의 문제 해결사인 큰딸이 와서 '카톡에서 선물 보내기'를 해결해 주길 바라고 있는데 마침 교수님의 답변이 왔다. 자상하게도 너무 세심하게 설명해 주셨다. 심지어 장면 하나하나를 보여 주시면서 설명서처럼 자세하게 따라 할 수 있게 해 주셨다. 덕분에 처음으로 '카톡에서 선물 보내기'를 성공했다.

당시의 감격을 잊지 못해 나는 결심했다. '나도 누군가에게 이런 감동을 주자!' 그 이후 한 걸음 한 걸음 나아간다는 생각으로 열심히 공부했다. 교수님은 유명하신 분인데도 많이 겸손하셨고, 강연 스토리 콘텐츠인 '세바시'의 5가지 사랑의 언어 인증 강사님이시기도 했다. 교수님이 늘 강조하는 것이 있었다. "이렇게 배움을 나누어 주는 건 배우시는 모든 분의 통장이 두둑하고 행복하시길 바라서입니다."라고 하셨다. 그래서 사랑. 나눔. 성장을 함께 하고 싶다고 하신 것이다. 처음에는 반신반의한 생각을 했다. 하지만 시간이 흐르면서 내 생각이 잘못된 것이란 걸 알았다. 지금까지 거의 2년이 다 되어 가는데 정말 몸소 실천으로 보여 주고 계신다. 나의 두려움과 단점은 교수님의 사랑. 나눔. 성장을 통해 극복되어 갔다. 그런 시간을 통해 나 또한 누군가에게 받았던 사랑을 되돌려 주기 위해 코칭 타로로 '마음디자인 연구소'를 운영하게 되었다. '모르는 걸 모른다.'라고 말한 솔직함이 내 인생을 바꿨다. 내 인생을 바꿀 수 있게 해 주셔서 진심으로 감사드린다.

그의 이동수단은 달라졌다

응답하라 3040주부 공동대표   이루미

　살다보니 아무도 아무것도 없다고 느껴질 때도 왔다. 관계에서 갈등의 상황이 중요하듯 인생에선 그런 순간에 어떻게 하느냐는 나의 인생 방향을 결정지었다. 10년 전 남편이 큰 사업을 벌이다 심하게 타격을 입던 날. 자신의 충격을 어루만져 줄 시간도 없이 이 일 저 일 하다가 가스배달 일을 했던 때가 바로 그날이다. 그의 편안하던 제네시스는 사라지고 가스배달용 작은 트럭이 우리 앞에 놓여있고 우리의 따스한 보금자리는 사라지고 월세 집이 주어졌다. 돈은 채워질 날이 없이 어딘가로 계속 흘러가던 때였다.

　갑작스런 변화에 나는 움츠러진 마음에 숨고 싶었고 받아들이기 힘들었다. 그러나 그런 순간조차도 흐트러짐 없이 삶을 살아가는 그의 태도는 우리의 결혼생활과 나의 삶의 태도에 큰 영향을 주었다. 보여지는 것이 있고 없고 보다 삶을 대하는 태도가 중요함을 그는 내게 보여주었다. 무너지기 쉬운 그 순간이 그가 내게 영원한 삶의 멘토이자 동반자로 더 굳건하게 자리하게 된 계기가 되기도 했다. 그 순간 남편의 삶의 태도를 담아 쓴 시를 공유해 보며 어떠한 순간도 잘 살아내 주어 감사하다고 사랑과 존경을 담아 전하고 싶다.

그의 이동수단은 달라졌다

그의 이동수단은 달라졌다
그러나
그가 이동수단을 대하는 태도는 여전하다

그는 가스배달을 하고 있다
그러나
그가 일을 대하는 태도는 여전하다

그의 수입은 줄었다
그러나
그가 날 사랑하는 맘은 날로 커져갔다

우린 월세 집에 살고 있다
그러나
그 안엔 여전히 서로 사랑하며 성장하려는 가족이 있다

내가 만났을 때의 그와 지금의 그는
많이 다른 듯 또한 그대로이기에
내가 예전처럼 그를 존경하고 사랑할 수 있는 것 같다…

고맙습니다, 덕분입니다

일상을 사랑하는 일상메신저   이윤정

"작가님 덕분에 글이 한결 매끄러워졌어요. 감사합니다."
"작가님께 코칭 받은 후 제 글에 대한 마음이 달라졌어요."
"영원히 쓰는 사람으로 살고 싶어요. 작가님 덕분이에요."
"덕분에 쓰는 재미를 알아가고, 진짜 쓰는 사람이 되어가고 있어요!"
"작가님을 알게 된 건 올해 최고의 선물이에요!"

작가가 되지 않았다면, 예비 작가님들의 글을 코칭 하는 일을 하지 않았다면 평생 들을 수 없는 감사의 말. 카톡으로, 문자메시지로, 그리고 짤막한 손편지로 감사와 사랑의 마음을 종종 받는다.

글 코칭 일을 하며 유난히 몸과 마음이 힘들 땐 그들이 나에게 준 '그 마음'을 다시 펼쳐본다. 그리고 나면 다시 나의 자리로 돌아올 수 있었다. 그런 감사의 말이 처음엔 그저 좋기만 했다. 그러나 기쁨과 감사의 말이 사라진 자리에 이내 '묵직한 부담과 책임'이 들어앉았다.

'내가 정말 다른 분들의 글을 코칭할 실력이 될까?'
'세상엔 나보다 훨씬 더 잘 쓰고, 잘 가르치는 사람들이 많은데…'
'나의 피드백이 그분들의 글과 삶에 오히려 안 좋은 영향을 끼치는 건 아닐까?'

좋은 글과 책을 찾아서 읽고, 지극히 개인적인 일상을 글과 사진으로 남기며 사람들과 소통하며 하루하루 작은 행복과 함께하던 때가 그리울 때도 있었다. 육아와 살림, 온전히 누리는 사생활과 새로운 일의 사이에서 균형을 찾아가는 일은 생각보다 힘들었고 오랜 시간이 걸렸다. 글을 쓰는 것과 책을 만드는 것. 개인적인 글쓰기와 대중에게 선택받는 글쓰기는 많은 부분에서 달랐고, 여러 가지 감각을 익혀야 했다. 무엇보다 지극히 내향적인 성격의 내가 낯선 이들과 오로지 '글'을 통해서 소통해야 한다는 부담이 제일 컸다.

그런 마주하기 싫은 부담에도 불구하고 예비 작가님들의 글을 읽으며 공감과 위로를 받았고, 새로운 세계로 초대받는 느낌마저 들었다. 작가님들의 글 한 편, 한 문장에 종일 마음이 들뜬 적도 있었다. 글을 통해 그들의 삶을 온전히 바라보게 되었다. 그들의 글에서 '필력'보다 중요한 가치 있고 의미 있는 소중한 마음을 느끼고, 때론 전율했다. 그런 경험이 차곡차곡, 단단하게 쌓였다. 시간이 흐르며 책을 읽고 글을 쓰는 태도가 달라졌으며, 무엇보다 인간에 대한 경외심이 생겼다. 주변 사람들의 인생이 예전과는 다른 관점에서 보였으며 그들에 대한 진실한 사랑과 존경이 조금씩 자라나고 있었다. 그리고 나 역시 '평생 쓰는 사람'으로 살고 싶어졌으며 쓰고자 하는 분들 곁에서 함께 하고 싶다는 소망이 생겼다. 이 모든 변화가 나를 믿고 소중한 글을 나누어준 작가님들 덕분이다. 이 마음을 끝까지 간직하고, 지켜낼 것이다.

고맙습니다.
덕분입니다.

나는 서른 살까지만 사는 게 꿈이야.
그래서 결혼할 수 없어!

『엄마인 당신에게 코치가 필요한 순간』 저자   권세연

"세연아! 나 올해 말에 이사 가야 하는데 너랑 결혼하면 좀 큰 집으로 가고. 아니면 그냥 지금 사는 집 전세 연장하려고 하는데 어때?"

음…. 다소 엉뚱하지만. 자취하던 남편이 28살의 나에게 프러포즈로 한 말이다. 연애하는 동안 남자친구가 정말 좋았지만. 선뜻 그러자고 대답 할 수는 없었다. 그저 웃어 넘길 뿐이었다. 며칠 후 남자친구는 나에게 다시 물었다.

"세연아. 전세 만기일 얼마 안 남았는데. 집 어떻게 해?"

지금 생각해도 웃음이 난다. 프러포즈를 이렇게 지능적으로 하다니….

더는 미룰 수 없어 그날 밤. 남자친구에게 한강으로 드라이브를 하러 가자고 했다. 평소 말 많고 재잘거리기 좋아하던 나는 흘러가는 강물에 정신을 맡긴 채 한참을 멍하니 있다 어렵게 말을 꺼냈다.

"나는 서른 살까지만 사는 게 꿈이야…. 그래서 결혼할 수 없어…."

남자친구는 아무 말도 없었다. 충격 받았나? 쳐다봤더니 내 예상과는 다르게 평온해 보였다. 잠시 후 나에게 꺼낸 말은 딱 한마디였다.

"왜?" 아주 현명한 대응이었다. 남자 친구가 왜냐고 물을 거라는 생각을 나는 이상하게도 단 한 번도 해보지 못했다. 그래서 그 질문에 내가 적잖이

당황했다.

"아무리 건강한 청춘남녀가 만나 결혼한다고 하더라고 평생 행복하란 보장도 없고, 나는 아이들 낳고 잘 살 자신이 없어. 난 지금처럼 2년 딱 더 살다 죽을 거야. 종신보험도 다 들어놨어. 수익자는 우리 엄마야. 우리 엄마 평생 고생만 하셨으니. 재미있게 사셨으면 좋겠어."
"음. 그래? 그럼 서른 살에 너 하고 싶은 대로 해."

'이게 무슨 말이야? 하고 싶은 대로 하라니…' 황당한 표정으로 그를 바라봤다.
"세연아. 만약 네가 나랑 내년에 결혼해서 살다가 서른 살이 되었는데. 만일 그때도 죽고 싶다는 생각이 계속 든다면 네 잘못이 아니야. 내 잘못이지. 내가 그 생각 꼭 바뀌게 해 줄게. 만약 안 바꾼다면. 그건 내가 책임질게."
나는 말문이 턱 막혔다.

그로부터 10년이 지난 오늘. 나는 이렇게 살아서 글을 쓰고 있고, 올해 마흔 살이 되었다. 10살. 8살의 자매와 살고 있는 엄마이며, 지난해 『엄마인 당신에게 코치가 필요한 순간』이라는 책을 출간해 대만. 마카오, 홍콩으로 판권을 수출한 작가가 되었으며, 인생을 보다 풍요롭고 새롭게 변화 성장하고 싶은 분들을 돕는 라이프 코치로서의 삶을 살고 있다.

내가 살면서 힘들었던 시간을 괴로운 과거에 머물게 하는 것이 아니라. 지혜로 만들어 나를 앞으로 나아가게 만드는 원동력을 준 남편에게 진심으로 고맙다.

햇살을 닮은 이루미 작가님

건강벗 김채영

    살면서 내 인생을 바꾼 계기가 되는 사람들은 과연 몇 명이나 될까? 최근에 만나게 된 이루미 작가님은 44년 인생 중에 나의 존재 자체를 귀히 여겨주는 햇살을 닮은 사람이다. 첫 만남을 줌으로 햇살 대화를 했다. 칼을 든 강도를 만나면 죽을힘을 다해 도망치는데 말로 마음을 죽이려는 사람들에게 견디지 말고 도망치라고 했다. 나약한 모습이 아니라 자기를 보호하는 거라 말했다.

    관계에서 도망치는 내 모습이 너무 초라하고 나약해 보였다. 그런데 이루미 작가님과 대화를 하고 세상에는 상처 주는 사람이 많다는 걸 알게 되었다. 작가님의 권유로 햇살 독서 모임 비폭력대화를 시작했다. 있는 그대로 관찰한다. 느낌을 알아차리고 표현한다. 욕구를 의식함으로 자신의 느낌에 대해 책임지고 삶을 풍요롭게 하려고 부탁한다. 자신을 연민으로 연결하고 분노를 온전히 표현한다. 갈등 해결과 중재. 보호를 위한 힘쓰기. 자신을 자유롭게 하고 다른 사람을 돕는다. 비폭력대화로 감사 표현하기 등을 배웠다.

    이루미 작가님과 대화는 낯선데 기분이 좋다. 소통을 제일 중요하게 생각한다. 소통되면 일할 맛이 난다. 소통이 안 되면 도망가고 싶다. 그동안 도망가고 싶은 마음이 부족한 결핍이라 생각했다. 힘들면 도망가도 된다고 확신 있게 이야기하는 이루미 작가님은 자신을 마음 벗이라 칭한다. 상대를 인정해주고 늦더라도 작게라도 표현하는 점이 큰 장점이다. 그 점을 닮아가려고 노력한다. 수고하고 애(愛)씀을 알아주는 마음이 곱다.

이루미 작가님은 블로그에 글을 매일 쓴다. 사랑 언어를 주제로 쓰는 글과 노래는 너무 감미롭고 사랑스럽다. 가사 일을 소중하게 생각하는 모습에 많이 뉘우쳤다. 가족에 대한 정성스러운 그 마음을 따라 해 보고 닮아간다. 주부들의 일상을 공동저서를 통해서 작가로 거듭나게 도와준다. 내면에 있는 여신을 끄집어내는 작업을 하는 모습에 같이 동참하며 하고 싶어진다. 가슴이 콩닥거린다. 상처받고 아파하는 이들의 영혼을 치유하고 싶어졌다.

이루미 작가님과의 만남을 통해서 내 안에 숨어 있던 사랑이 다시금 폭발한다. 상처받아도 흔들리지 않을 만큼 마음에 위로를 받았다. 생후 5개월에 헤어진 딸과 7살 때 다시 만났다. 재결합을 시도했으나 실패를 했다. 13살 때 다시 찾아가 재결합하고 10개월을 같이 살았다. 하지만 결국 아이 아빠의 변심으로 다시 헤어지게 되었다. 생활적인 부분에서 잔소리와 지적. 동생을 때리는 버릇을 고치려고 폭력을 행했다. 엄마에 대한 안 좋은 기억만 남기고 인연이 끝났다. 엄마를 거부하는 아이에게 연락을 취할 마음을 먹을 만큼 단단해졌다.

이루미 작가님과의 만남으로 얻은 마음에 쉼이 용기를 낼 수 있도록 큰 힘이 되어주었다. 이제 아픈 마음에서 벗어났다. 편안한 여유를 가지고 햇살처럼 포근히 도닥여주는 그런 사람이 되고 싶다. 이루미 작가님과의 소통이 너무 좋다. 그 소통으로 마음에 쉼을 얻는다. 하고자 하는 희망을 얻는다. 이전에는 삶을 포기할 수 없어 살아왔다. 하지만 지금은 사는 것이 재미있어진다. 햇살처럼 포근하게 안아주는 햇살을 닮은 그녀가 삶에 걸어 들어왔다. 내 안에 어둠이 물러가고 반짝반짝 빛나게 되었다.

엄마라는 이름의 주홍글씨

건강벗 김채영

　엄마와 딸이라는 관계가 서로에게 아픔이 되었다. 나에게는 슬픈 이야기다. 23살 딸에게 거부당하는 아픔을 이겨낼 힘이 없어 가슴 깊이 묻었다. 하지만 순간순간 먹먹함이 올라온다. 서로를 인식하기에는 짧은 생후 5개월에 이별을 했다. 불면증. 산후우울증. 불안증으로 아이와 추억이 많이 없는데 엄마라는 말을 처음 한 날이 생각이 난다. 시어머니와 제사를 위해 시장을 다녀왔다. 자는 아이를 두고 나와 마음이 불안했다. 집에 오니 아이는 기어서 걸레를 입에 물고 엄마라고 부르며 쳐다봤다. 처음 기는 걸 지켜보지 못해 아쉬움이 크다.

　매일 술을 먹는 아이 아빠가 칼까지 꺼내 들고 때렸다. 허리 날개뼈가 부러져 4주 진단을 받았다. 경찰에 가정폭력으로 신고를 했다. 경찰서에서 만난 아이는 할머니 품에 안겨 평온해 보였다. 아이 할머니가 가슴에 못 박는 말을 했다. 엄마가 없으니 아이가 방긋방긋 잘 웃고 잘 지낸다고 했다. 경찰서에서도 아이 아빠는 사과를 안 했다. 그는 부끄러운 이불 속사정들을 늘어놓았다. 다시 마주하기 싫을 만큼 소름 끼쳤다. 아이 아빠와 그의 형이 있는 집에서 벗어나고 싶었다. 난 이혼을 선택했다. 시간이 흐른 뒤 이날의 선택을 후회했다.

　이혼 후 딸아이가 돌이 되어갈 무렵 다시 만났다. 밤늦게 딸아이를 데리고 나왔다. 장소가 모텔이었다. 잠이든 아이를 제대로 안아 보지도 못했다.

밤새 욕구를 분출하는 그에게 시달렸다. 도대체 이게 뭘 하는 짓인가 싶었다. 독하게 마음먹고 아이 아빠를 끊어 냈다. 딸아이가 7살 때 다시 찾아갔다. 초등학교에 갈 딸아이에게 엄마 역할이 하고 싶어 결정했다. 다행히 아이의 아빠도 나를 받아 주었다. 주말에 고모네 집에 있는 아이를 데리고 아빠에게 데려다주는 역할을 했다. 딸아이에게 엄마라 못 밝혔다. 딸아이의 아빠가 그것을 원했다.

누구냐고 묻는 아이에게 내 이름은 김순화라고 말을 했다. 아이는 나를 "순화 씨" 하고 불렀고 나는 아이를 엄마가 아닌 인간 대 인간으로 대하게 되었다. 지금 돌이켜보면 엄마로 생활을 할 때보다 사이가 좋았다. 아이는 일하러 다니는 고모네 집에서 아빠에게 데려다주는 나에게 호의를 느꼈다. 나도 아이와 친해지고 싶어 목욕탕 찜질방 마트를 데리고 다니며 노력했다. 조심스럽게 주말에만 만나는 관계에서 초등학교 2학년 때 딸아이 아빠가 바람을 피워 상대편 여자가 아이를 임신을 하게 되었다. 나는 또 딸아이와 헤어지게 되었다.

제주도에 가서 터전을 잡았다. 직장을 다니다 딸아이가 사무치게 그리운 날 딸아이의 고모에게 아이가 잘 있는지 안부 문자를 했다. 새엄마가 집을 나갔다고 나를 찾았다. 4살짜리 배다른 남동생을 돌보는 6학년 된 딸아이를 위해 그 집으로 다시 들어갔다. 경기를 하는 4살짜리 아이를 데리고 새로운 터전에서 24시간 운영하는 슈퍼를 시작하는 단계라 딸아이 아빠도 나를 반겼다. 엄마라는 이름으로 4살짜리 가슴으로 낳은 남자아이를 데리고 체력이 부족해 지친 나는 딸아이의 행동을 통제하는 엄마였다. 딸아이 아빠는 어린 전처를 잊지 못해 매일 술을 마셨다. 결국 나는 쫓겨나게 되었다.

그 자리에 어린 전처가 당당히 내려왔다.

10개월 만에 엄마의 역할이 끝났다. 딸아이가 어떤 생각을 하는지 관심을 보이지 못했고 어린 남동생을 때린다는 이유로 나도 딸아이를 때리며 훈계를 했다. 마음에 상처를 입은 딸아이가 엄마를 거부하게 되었다. 서툰 나에게는 엄마라는 이름이 너무 무겁게 느껴진다.

새로운 1인 기업 도전

꿈꾸는 1인 기업 자기계발 **엄일현**

나는 고등학교 졸업 후 곧바로 취업하고 낯선 천안에서 사회생활을 시작하였다. 생산직으로 3년 6개월 교대 근무하면서 지금의 남편을 만나서 결혼한 지 19년 차 되었다. 어린 나이에 결혼해서 주부로 생활하면서 처음에는 아무것도 모르고 살았다.

건강기능식품 네트워크 마케팅 본업을 정리하기 전. 1인 기업에 대한 다양한 강의들을 들었다. 그동안 너무나 고달픈 시절을 살아왔다. 고민하고 많은 생각을 했다. 신혼 때 아무것도 모르고 살다가 결혼한 지 3년 차에 가정 부업으로 한의원 직접구, 왕 뜸·작은 뜸, 쓴 뜸. 그리고 자동차 부품을 조립하면서 삼성카드 영업, 건강기능식품(네트워크 마케팅)을 접했다.

아는 협회 지인을 통해 다시 4년 반 만에 재계하면서 힘들었지만 사소한 일로 2021년 여름 8월 말쯤 정리하기로 마음먹었다. 새로운 도전이 더 많이 생기기 위해 가족과 함께 보내고, 노력이 더 필요하다. 앞으로 내 인생은 어떻게 변화가 있을까?

많이 생각하고 있다. 어린 나이에 일찍 결혼생활을 했고 40대 초반 나이에 난 제2의 인생을 살고 싶다. 성장하여 더 나은 삶을 살아갈 수 있을 것이다.

자상한 우리 집 남편(9살 연상)은 가끔 요리와 설거지도 해 주고 항상 고마운 마음이 있다. 참 재미있고 행복하다. 앞으로 열심히 잘 살자. 사랑해….

더 나아가 잘 먹고, 잘 살고, 건강도 잘 챙기고, 일도 잘하고 싶다.

엄일현! 너도 잘할 수 있어! 잘할 거야. 힘내라! 앞으로 더 나은 삶을 위해 도전하고 항상 성장하는 모습 보여 줘. 응원할게!

꿈 많는 1인 기업! 자기 자신이 잘할 수 있는 일을 해보세요. 포기하지 말고 성장과 열정을 보여주세요. 저 또한 앞으로 더 노력하겠습니다.

여성 과학자에서 심리상담사로 살아가기

의미치료 상담하는 여성 과학자 윤정희

   미국으로 출국 이틀 전. 강남고속버스터미널 지하상가. 갑자기 세상이 흔들린다. 그리고 숨이 멈춘 듯. 자리에 주저앉고 말았다. 심장이 빨리 뛰고 죽을 것 같은 공포가 나를 뒤덮고 있었다. 나의 몸은 어느 순간 대학병원 응급실에 누워있었고, 안정을 취하고 나니 세상 조용하였다. 출국 날. 안정제를 먹고 가족과 함께 떠났다. 우리가 도착한 캘리포니아 팔로알토 지역은 평화롭고 아늑하며 따뜻한 기운이 느껴지는 곳이었다. 유학 생활에 적응할 때쯤 나가기가 두렵고. 기어서 이동하며. 딸을 태운 유모차에 기대어 거리를 걸을 수밖에 없었다. 나의 병명은 산후우울증. 불안. 공황장애였다. 말로만 듣던 공황장애가 이런 것이구나! 그동안 나의 몸이 힘든지 모르고 지냈고 스트레스는 온 머리에 가득 차 있었다. 이젠 쉬라고! 잠시 멈추라고! 나의 몸에 신호를 주었다.

   무성한 나무들 사이로 유모차를 밀며 놀이터로 향하는 동안 눈물이 멈추지 않았다. '제가 무엇을 잘못하였기에. 얼마나 나약하고 많은 욕심을 내었기에 이런 고통을 주시는 건가요? 누구의 도움 없이 돈을 벌며 3평짜리 고시원에서 지내며 박사학위를 취득하고 열심히 살았는데. 왜 저에게 이런 시련과 고통을 주시는지요? 연구원에서 모든 것을 접고 제가 어디까지 내려놓아야 할까요?' 마음속으로 누군가에게 소리치며. 몇 달을 같은 길을 걷고 또 걸었다.

나를 힘들게 한 것이 또한 나 자신을 살리기도 한다. 학업과 엄마의 위치가 나를 혼란스럽게 할 때 나를 끌어주는 것이 바로 나의 첫딸 리사이다. 딸이 세상에 태어난 후 나의 철학과 목표가 많이 달라졌다. 또다시 길을 걸으며, '경력단절로 얻은 실존적 공허감이야말로 저의 욕심이었습니다. 제발 가족과 함께 생활하게 해주세요.'라고 용서를 구했다. 용서와 간절한 희망만이 나를 이끌게 되었고 눈물샘이 말랐는지 눈물이 더는 나지 않았다. 이런 시련과 고통은 내가 앞으로 걸어가야 할 길을 안내하는 것이었다. 항우울제를 4개월 먹고 나니 그렇게도 바라던 길을 리사 손을 잡고 걸을 수가 있었다. 세상이 없어질까 봐 두려움에 싸여 있을 때 나를 지켜 준 소중한 나의 천사 리사. 나는 엄마이기에 다시 일어설 수 있었다. 둘째 안나가 미국에서 태어나고 한결 나의 마음은 안정이 되었고, 우리는 귀국하여 자리를 잡았다.

육아의 부담과 남편의 부재가 컸던 것일까? 이번에는 더 큰 파도 높이로 같은 증상이 더 깊고 길게 이어지고 있다. 그렇게도 바라던 대학에서 강의할 기회를 잡았지만 극심한 불안으로 꿈을 펼치기도 전에 교정을 떠나야 했다. '하고 싶은 일, 공부 모두 그만두고 집에서 아이들을 돌보고 있는데 제가 큰 욕심을 부렸나 봅니다. 이제 어떻게 해야 할까요? 이번엔 약으로 치료가 되지 않습니다. 저 어떻게 해야 할까요?' 흔들거리는 계단, 갑자기 쓰러질 것 같은 나. 아이에게 갑자기 엄마 역할을 하지 못할까 봐 불안과 걱정에 휘말려 있었다. 이대로는 안 될 것 같았다. 할 수 있는 일은 다 해보자고 다짐을 했다. 두 딸을 위해서 다시 일어서서 세상 밖으로 나가야 했다. 의미 없는 시련과 고통은 없다. 고통을 없애려 하지 말고 함께 살아가는 법을 배우고자 로고 테라피(의미치료)를 공부하게 되었다. 40살 나의 인생 후반기는 심리상담사로 비슷한 시련을 겪는 사람들과 함께 고통을 나누고자 한다. 어떤 길이든 걷다 보면 다른 길이 보일 것이며. 두렵고 무서워도 걸어야 하며. 넘어져도 일어서야 한다. 바로 두 딸의 엄마이자. 인생 멘토가 되어주어야 하기 때문이다. 이제는 여성 과학자에서 심리상담사로 불리고 싶다.

그녀처럼 살지 않을 거야

외국인 출신 법인 재무설계사 대표 조유나

"엄마, 나 임신했을 때는 무슨 태몽을 꿨어요?"

"자갈밭에서 엄청나게 복스러운 달걀이 있어서. 기분 좋아서 얼른 주운 꿈을 꿨단다."

엄마는 그때를 생각하면 아직도 기분 좋으신 듯 말씀하신다. 엄마는 요즘에도 길가에서 은행이나 도토리, 밤송이를 보고 주우면 엄청나게 행복해하신다. 그리고 그 도토리를 직접 갈아서 도토리묵을 만들어서 주신다. 난 그런 엄마를 항상 힘들게 사신다고 못마땅하게 생각한다. 그게 얼마나 한다고… 시장에 가면 3천 원이면 편하게 사 먹는데 왜 그리 고생해서 만드실까?

어렸을 때부터 엄마는 뭐든지 잘하셨다. 동네에서 떡도 할아버지가 좋아하신다고 제일 많이 해드렸고, 농사 지으면서 다들 모심기·벼농사하러 다른 지역에 가서 일당 돈벌이 갈 때도 언제나 앞장서서 매년 나갔다. 농사 안 지으실 때는 식당 일에, 집안일에 평생 일복이 터지도록 일만 찾아다녔다. 본인한테는 제대로 옷 한 벌 사 입기 아까워하시면서 이모, 고모, 삼촌들, 동네 사람들까지 챙기셨다. 본인만 안 챙기는 것 같다.

어느 날 엄마 아빠가 싸웠다면서 서로 서운한 점을 나한테 말씀하신다. 큰딸이라고 내가 두 분 입장을 헤아려주길 원하신다. 듣다 보면 화가 난다.

엄마는 항상 당연히 남자들이 해야 할 농사 일부 터 집안일을 다 같이 하시면서 좋은 말도 못 듣고 몸도 못 챙긴다. 그리고 서운하다고 하신다.

"엄마가 그렇게 사니까 아빠도 당연히 해줘야 하는 줄 알고 그러지. 엄마가 처음부터 그렇게 하지 말았어야지요!" 매정하게 난 한마디 퍼붓는다. 서러운 나머지 엄마는 우신다. 나도 너무 속상하다. 왜 여자로서 여자처럼 살지 않으실까? 본인이 자기 몸을 아껴야 남자도 아껴줄 줄 아는 게 아닌가? 헌신하면 헌신짝 된다고 누가 그랬던가. 공주처럼 살아야 공주 대접을 받는다. 하물며 본인조차 여자 인생을 안 살면서 남이 어찌 존중하길 바라는가?

"할머니는 여자야. 남자야?"
"할머니는 여자가 아니야. 그냥 할머니야." 무심코 하시는 말 듣고 난 가슴이 찡하다.

언제부터 엄마는 여자 인생을 포기하고 할머니로만 살았는가? 내 잘못이다. 아빠가 돌아가시고 난 후부터인가? 그전인가? 엄마는 아직도 꽃다운 60대이고 아직도 한창이신데 왜 여자라고 생각을 안 하실까? 여자 인생을 못 살고 이대로 나이 드신 우리 엄마를 볼 때마다 속상하다. 생각하면 눈물난다. 그리고 다짐한다. 난 엄마처럼 그렇게 살지 않을 거야! 나는 내가 우선이고, 내가 공주이고, 내가 존중받고 사랑받는 사람이 될 거야. 엄마도 지금이라도 아셨으면 좋겠다. 평생 가장으로서 헌신하면서 고생하셨는데 이젠 여자로서 사랑받으면서 본인 먼저 엄마 자신을 사랑하면서 살아가셔도 괜찮다고. 누구도 엄마 인생을, 여자 인생을 뺏어갈 자격이 없다고. 아직도 충분히 아름답고 멋진 60대 인생을 자신을 사랑하는 데 쓰시면서 좋은 시간 가지시고 좋은 생각 하시고, 예쁜 옷 입고, 여자 인생을 살아가시기를. 딸인데 엄마한테 화내서 미안해요. 너무 안타까운 엄마 인생을 옆에서 보면서 헌신만 하고 본인을 아끼지 않는 모습 보니까 너무 가슴이 아파요.

　　제일 엄마한테 못되게 굴지만, 엄마를 제일 사랑한답니다. 걱정하지 마세요. 못난 딸…

사랑의 길 위에 서 있는 그대

네 아이와 책 읽고 글 쓰는 엄마 **구지혜**

　막내가 건강하게 태어났다. 기쁨은 잠시 1년을 채우지 못하고 아팠다. 원인은 밝혀지지 않았고, 치료시기를 놓치면 큰 후유증을 안고 살아야 한다고 했다. 촌각을 다투며 치료받기 위해 병원으로 달려갔다. 다행히 치료는 성공적이었지만 오랫동안 지켜봐야 했다. 성공보다 아이가 먼저라며, 남편은 꿈꿔왔던 일을 내려놓았다.

　결혼생활을 돌아보면, 어린 아내는 모든 일에 무기력했다. 육아에 매여 아이 때문에 할 수 없다고, 못하겠다며 투덜댔다. 부족한 자리는 가장이 채워야 했다. 본인의 일은 뒷전으로 미루고 요리, 장 보기, 청소와 육아 등 많은 부분을 감당했다. 아내의 이야기를 들어주는 것은 당연하게 여겼다. 울면 다독여 주고, 집안일 하면 칭찬해 주고, 모든 것을 알아주기를 바랐다. 간혹 몰라주면 섭섭하다며 투덜거렸다. 그럴 때마다 토닥이며 안아주고, 변명하지 않고 받아주는 모습에 만족했다.

　하지만 슈퍼맨은 없다. 사람은 누구나 힘들 때가 있다. 공감할 줄 모르는 아내는 남편이 아내에게 화를 내면 안 된다며 고개를 돌렸다. 이상적인 남편의 모습을 꿈꿨던 아내는 남편이 불편한 모습을 드러내는 것조차 용납하지 못했다. 화는 힘듦의 표현이었는데 눈치 없이 손사래를 치고 듣기 싫다며 등을 돌렸다.

비폭력 대화를 알고 나서야 그가 표현하던 모습 속에 마음의 힘듦이 숨어 있었음을 알았다. 결혼 기간에 혼자 속앓이하면서 받아주지 않는 아내를 그저 이해하고 참아주었다. 아내조차 받아주지 않는 혼자의 시간이 얼마나 답답하고 외로웠을지 생각조차 못 했다. 늘 먼저 미안하다 했고. 먼저 다가와 옆자리에 묵묵히 있어 주었다.

남편이 사준 바질 씨앗을 심었다. 싹을 피우자마자 아이가 만져서 뿌리가 드러났다. 그곳엔 씨앗의 흔적이 보이지 않았다. 씨앗은 싹을 틔우기 위해 자기 모습을 희생했다. 안타까운 마음을 뒤로하고 조심스럽게 심어 주고 돌보아 주었다. 다행히 뿌리를 내리고 살아나서, 싱그러운 잎사귀를 뽐내면서 쑥쑥 자라났다. 그 잎은 아이들이 좋아하는 스파게티의 재료가 되어 맛있는 행복을 주었다.

그의 사랑으로 드러난 희생과 섬김. 인내와 헌신은 아내를 행복하게 했다. 그 행복을 통해 사랑하는 사람의 필요를 채워주려는 노력이 값진 것임을 알았다. 꿈을 내려놓은 그의 뒷모습을 보면 가슴이 아렸다. 하지만 아내는 남편의 뒷모습을 보면서 배웠다. 나밖에 몰랐는데. 그를 보면서 나보다 가정이 더 소중해졌다. 사랑할 줄 몰랐는데 사랑하는 사람들의 필요를 채우고. 행복하게 자신을 내어주는 사랑을 알게 되었다. 그 사랑을 자녀들에게 흘려보낼 것이다.

남들이 뭐라 해도 가정을 지켜준 그가 자랑스럽다. 가정을 위한 씨앗이 되어줘서 고맙다. 지금의 움츠림은 다시 도약할 때 높이뛰기 위한 것이다. 그 모습을 기대한다. 사랑의 길에서 그대를 만나 함께 행복하게 사는 것이 지금 내 삶의 가장 큰 축복이다. 아이들도 이야기를 들어주고 반응해 주면 기뻐 춤을 춘다.

　이제. 그대를 춤추게 하고 싶다.

만남의 축복을 주심에 감사하며…

은퇴 이후를 잘 살고 싶은 직장 여성 **최순덕**

태어나서부터 60을 바라보는 이 시간까지 내가 만났던 사람들은 몇 명이나 될까? 스쳐 간 사람들 빼고 안면을 익히고 인사를 나눈 사람들의 숫자를 어림잡아 생각해도 천 명은 넘을 것 같다. 그중에 나의 인생을 바꿀만한 영향력을 가진 사람은 몇 명일까? 딱 한 명을 꼬집어 말하기는 어렵다. 내 인생에 영향을 준 많은 사람이 있다.

이 땅에서 살아갈 수 있도록 태어나게 해 준 나의 부모님께 감사한 마음이다. 특히 부모님은 내게 든든한 응원자이셨다. 이거 해라. 저거 해라. 잔소리하지 않으시고 스스로 알아서 할 수 있도록 몸소 삶을 행하셨다. 아버지는 가족보다 이웃을 위해 헌신하는 일이 더 많았다. 엄마는 대가족(내가 어렸을 때는 고모들까지 보통 13~4명의 식구로 기억된다.)의 식사를 준비하면서도 얼굴 한번 찡그리지 않고 불평 한번 하지 않으신 분이었다. 매사에 긍정적이셨고, 희생이라는 단어가 어울리는 분이셨다. 그러기에 나는 부모님으로부터 이웃을 위한 선한 마음과 희생의 마음을 배울 수가 있었다.

사랑하는 남편과 선물로 받은 두 딸과 만남은 내가 태어나서 가장 큰 기쁨과 존재감을 느끼게 하였다. 가장 소중한 사람들이다. 하나님이 만들어주신 가정이라는 울타리에서 내가 살아갈 이유와 목적을 이루며 내 인생을 바꾸는 가장 귀한 만남이다. 그리고 나의 형제자매들(오빠. 여동생 셋. 남동생)은 형제애. 자매애를 배우게 해주고 서로를 위해 더 많은 사랑을 주려고 하는 멋진 사람들이다. 나를 만나는 많은 사람에게 우애를 맘껏 자랑하며 살게 해주는 가족들이다.

또한, 나를 그리스도인으로 살게 해 준 고마운 분이 있다. 23년 동안 기독교에 대해 아무것도 모르는 내게 직장에서 만난 교회 언니는 하나님, 예수님을 만나게 해 주셨다. 나를 기독교인으로 만들어주고 구원의 기쁨을 누리며 살게 했다. 영적으로 다시 태어나게 해 준 정말 귀한 만남이었다. 그리스도인으로 살아가면서 또 하나, 귀한 만남의 동역자들이 있다. 내가 주안에서 마음을 나누고 행복하게 신앙생활할 수 있음은 네클(순정, 보영, 신에, 나)과의 만남이 있기 때문이다. 만나고 헤어지면 또 만나고 싶고, 가장 많은 여가를 함께 나눈 동역자(미정)가 있다. 모든 기쁜 일에 몇 배로 기쁨을 나눌 수 있는 그런 사람이다.

초등학교 때부터 50여 년 동안을 함께 한 귀한 친구(염갑진)도 있다. 나랑 마찬가지로 40여 년이 넘는 동안 같은 직장에서 일하고 2022년도에 은퇴 예정인 친구다. 서로의 바쁜 환경 때문에 전화 연락도 만남도 없었지만 모든 것이 통하는 친구, 서로 신뢰하며 서로를 이해하는 친구, 그저 고마운 친구이다. 그 친구의 삶을 축복해주고 싶고, 응원해 주고 싶다.

중학교 때부터 친구였던 세 명의 친구(송자, 홍점, 순희)와의 만남도 내 인생에 빼놓을 수 없는 친구들이다. 서로 각자 삶의 자리에서 열심히 살아오다가 언젠가부터 서로 연락하고 마음을 나누고, 우정을 쌓아가는 소중한 친구들이다. 이 친구들의 응원과 협력이 없었다면 무기력한 삶을 살았을 수도 있다. 이 친구들은 중학교 때의 순수함을 그대로 가지고 나를 바라봐주고 나의 모든 부분에 대해 긍정적으로 인정해주고 있다. 그래서 살아갈 용기를 갖는다. 아름다운 만남이다. 나를 아는 사람들에게 자랑하고 싶은 친구들이다.

2020년 1월. 책 쓰기 코치 임성훈 작가를 만난 것은 나를 예비 작가라는 타이틀을 갖게 해 준 계기가 되었다. 난생처음으로 책을 한 권 써볼 수 있도록 해 준 사람이다. 오랜 직장 생활 속에 '나'라는 존재감을 잃어가고 있을 즈음 나 자신을 만나게 해 주고, 할 수 있다는 자신감을 불어넣어 줬다. 책 한 권의 완성은 나의 자존감을 높여주고 존재감을 느끼게 해 준 사건이 되었다. 비록 출판사를 통한 출판을 하지는 않았지만 나와 마음이 통한 많은 사람과의 만남을 가질 수 있었다. 독자의 후기를 카톡 문자로, 전화로, 대면으로 여러 방안으로 받게 되었다. 직장 생활을 하면서 은퇴를 앞두고 정리하는 책으로 남길 수 있음이 정말 감사했다.

여기에 나열한 만남 이외에도 수많은 만남이 나를 감사함으로 살게 했다. 다 열거할 수 없음이 아쉽다. 내 인생을 바꾼 많은 만남의 기억을 소환하고 싶다. 10대부터 60대까지 만나는 사람들을 다 기록했었으면 좋았을 걸 하는 생각이 든다. 60대부터는 20년이 될지 30년이 될지 모르지만 소중한 만남. 축복의 만남으로 기록해 나가야겠다.

믿음이 주는 힘

아들과 삶을 살아가는 80년생 여자 오제현

"나는 너를 믿는다."

믿음이라는 단어가 주는 안정감을 깊이 있게 생각해 본다. 누군가를 의지하고 있다는 것이며, 배신하지 말기를 바라는 바람이고, 전적으로 책임을 부여하는 것이며, 믿을 용기가 필요한 단어라 여겨진다.

나는 나를 믿을 수 있는가? 나는 나보다 남에게 의지하고 나의 다짐에 배신당하며 내 삶에 종종 책임을 지지 못한다. 그런 내가 아이를 낳고 그분 흉내를 내어 본다. 사실 아이를 믿기란 쉬운 일이 아니다. 더욱이 거짓말을 자주 하는 아이를 보면서 좌절하는 나를 볼 때면 그분의 삶을 들여다보게 된다.

그녀는 엄한 아버지 밑에서 눈치 보며 자랐고, 동생이 넷이며, 국민학교 중퇴 후 열아홉 살이 되어 시집을 갔다. 시집을 가자마자 남편이 군대에 갔고, 4년의 시집살이 후 내리 3년 터울로 총 다섯의 아이들을 길러내야만 했다. 종갓집 며느리, 일 년이면 제사가 12번. 농사짓고, 가마솥 밥 짓고, 시동생 넷에, 치매 걸린 시부모님까지… 이런 삶 속에서 그녀는 얼마나 의지하고 싶고 외로웠을까?

툭하면 자기 성질 못 이겨 밥상을 엎는 남편보다 자신 옆에서 울어주는 안쓰러운 자식을 보며 그녀는 어쩌면 믿고 의지하고 희생하고 싶었으리라. 오롯이 그녀의 편이었던….

"나는 너를 믿는다."
이 말은 늦둥이 막내딸에게 그녀가 해준 말이다.

반항하고 싶었던 고등학생 때도, 담배도 펴보고 싶고, 일탈해 보고 싶었던 이십 대 때도, 또 삶이 너무 괴로워 그만 놓아버리고 싶은 지금도…. 그 일곱 개의 글자가 깊은 물 속으로 가라앉는 나를 끌어당기며 오늘의 나에게 살아갈 숨을 불어 넣는다.

그녀가 몸소 보여줬으니까. 그런 삶에서도 살아갈 수 있다는 믿음을 줬으니까. 이젠 내가 그녀에게 말하고 싶다.

"엄마…. 믿어줘서 고마워요."
그녀도 어쩌면 믿어서가 아니라, 믿고 싶어서 했던 말인 듯싶다. 내가 내 아이에게 하고 싶은, 아니 해야 할 말이니까.

그분과의 관계

아들과 삶을 살아가는 80년생 여자　오제현

"열 길 물속은 알아도 한 길 사람 속은 모른다더니…."
할머니는 이 말씀을 자주 하셨더랬다. 읊조리듯 얘기하는 할머니의 저 말씀이 어린 제현이한테도 사회생활이 사람으로 인해 꽤 힘들겠다는 것을 미루어 짐작할 수 있게 해 주었다. 관계 중심적인 삶을 중시하던 나는 사람으로 인한 아픔에 삶을 집중하여 살아내기에 버거운 적이 많았다. 그래도 그 일이 있기 전까지는 아무리 힘들어도 '캔디'처럼 버텨낼 수 있었는데….

공황장애로 인해 약을 먹으면서 나는 처음으로 내 의지대로 살 수 없을 것 같은 두려움이 밀려왔다. 아이의 아빠가 처음 배신을 했던 때…. 결혼 생활과 내 삶이 부정당했다고 느껴졌었던 그때도 이를 악물고 견딜 수 있었다. 그 후 같은 아픔을 가진 사람을 만났고 같이 이겨낼 거로 생각했던 사람의 차가운 돌아섬은 마지막 나를 지탱하던 그 어떤 주춧돌이 무너져 내리는 것을 느끼게 했다. 아는 사람이 더 하다는 말이 있지 않은가….

나는 더는 파도를 이겨낼 자신 없는 선장 같았다. 더는 항해 하고 싶지도, 이겨내고 싶지도 않았다. 그때 내 배 끝에서 나를 위해 걸어오는 이를 만났다. 아무도 침몰하는 내 배에 타고 싶지 않았을 터인데. 그분은 달랐다.

인생의 후반전을 이끌어주시고 어떤 염려와 근심도 모두 책임져주시는 분. 내가 어떤 이상한 짓을 하든 늘 기다려주시고 나의 모든 것을 끌어안아

주신 분. 남들이 비난할 때 같이 비판했으며 누구보다 그분을 싫어했다. 내가 밀어내도 그분은 나를 기다리고 있었으며 더는 밀어내지 못하고 그분을 사랑하게 되기까지 근 40년이 걸렸다.

그분과 나의 만남을 주선한 사랑의 메신저가 있었으니 이름하여 황지원. 그녀는 중매쟁이였다. 사랑이 맺어질 때까지 끊임없이 소개팅을 주선한다. 한 번은 그분과의 만남을 주선하려고 나를 불렀는데 너무 지루해서 그 자리를 박차고 일어나고 싶었으나 그녀의 얼굴을 봐서 끝까지 앉아 있었던 적도 있다.

내가 공황장애를 앓던 그때 그녀는 또다시 그분과의 만남을 주선하였다. 중매는 잘하면 술이 석 잔. 못하면 뺨이 석 대란 말이 있는데 그분을 만나 치유를 받은 요즘의 나는 술을 말로 사도 다 못살 듯싶다.

나를 조건 없이 사랑해주시고 기다려주신 그분은 바로. 주님이다.

내가 키를 놓았을 때 열심히 노를 저어 주님과 만나게 해 준 주선자 황지원 집사.

나는 이제 삶이 버거운 것이 아니라 나에게 어떤 삶을 살게 해 주실지 기대되는 삶을 살고 있다.

내 인생을 바꾼 선생님의 칭찬 한마디

숨 쉴 수 있는 글을 사랑하는 40대 강연미

초등학교 6학년 때 아빠의 사업실패와 부도로 졸업을 두 달 앞두고 다른 지역 학교로 전학을 가게 되었다. 초등학교 6년 동안 정들었던 친구들과 선생님을 떠나려니 어린 마음에도 마음이 황량하여 날마다 울기를 반복하였다. 그 뒤로 우리 가족은 빚쟁이들을 피해 지역을 옮겨 다니기 일쑤였고, 내가 중학교 2학년이 되던 해에는 급기야 살고 있던 집에서 쫓겨나는 신세가 되었다.

아빠는 연락 두절인 것이 꽤 오래전 일이었고, 엄마는 오빠를 데리고 군포 외사촌 집으로, 언니는 학교 앞에 작은 자취방으로, 나는 혼자 서울 이모 집에 맡겨지게 되었다. 어린 시절을 조치원과 천안이라는 시골에서 보냈던 나는 갑작스러운 서울 생활이 너무도 낯설었고, 특히 친척 집에 얹혀 사는 느낌이 어린 마음에도 꽤 상처가 되었다.

중학교는 이모 집에서 버스를 타고 30분 이상 가야 했고 지금은 학교가 없어졌지만, 양평동 구석 한강 바로 옆에 자리한 한강 여중을 다녔다.

내 집이 아니어서 불안한 생활은 계속되고 공부와는 아예 담을 쌓게 되었다. 학교에서 육교 하나만 건너면 바로 한강으로 갈 수 있어서 학교를 마치면 늘 육교를 건너 한강으로 나가 앉아 혼자 처한 삶을 비관하며 울고 있기 일쑤였다.

그렇게 날마다 한강을 바라보며 울고 저 한강으로 그냥 뛰어들어 이생을 마감해버릴까도 여러 차례 생각하곤 했다. 그렇지만 내가 이 세상에 없으면 우리 엄마·아빠가 어떻게 남은 생을 살까? 사랑하는 언니·오빠가 평생 나 때문에 얼마나 괴로워할까? 하는 생각이 들어 어느 날은 한강에 뛰어들고 싶었다가 어느 날은 다시 마음을 접는 일을 반복하였다.

비 오는 어느 날. 우산도 없이 울고 있던 그날…. 마음속에서 사랑받은 기억이 있기는 했느냐고 생각하던 그때 전학 오기 전 6학년 담임선생님께서 "연미가 쓴 일기가 너무 좋아서 선생님이 학년 전시회에 내야겠어. 너의 마음이 참 예쁘구나."라고 하셨던 칭찬의 말씀이 떠올랐다. 그래서 나는 유일하게 돈을 쓰지 않아도 되는 일기 쓰기를 다시 시작하게 되었다. 그렇게 일기장에 마음속의 말들을 고스란히 적어가다 보니 일기장이 내 유일한 친구가 되었고 한강에 나가 앉아서도 우는 일들이 줄어들게 되었다.

생과 사의 갈림길에서 마음속으로 들려온 칭찬 한마디….
지금 그 선생님 얼굴과 이름은 잊었지만 나를 다시 이 세상에 살게 해 준 내 인생을 바꾼 선생님으로 영원히 기억한다.

당신은 참 좋은 사람이에요

다정한 에세이스트를 꿈꾸는 나 장유진

'당신은 참 좋은 사람이에요. 존경하고 사랑합니다.' 내 카톡 상태 메시지이다. 남편을 향한 나의 마음. 인생을 아름답게 바라보게 만드는 그를 향한 고백이다.

마흔다섯의 나이에도 여전히 어린아이 같은 나에게 '진정한 어른', '좋은 사람'의 본을 보여주는 사람이 있다. 언제나 누구에게나 진심으로 대하며 주변을 따뜻한 분위기로 만드는 사람. 그로 인해 나의 모난 부분은 조금씩 다듬어져 어느 순간 둥글둥글한 사람이 되어있다. 그를 닮고 싶어 무던히 애를 쓰고 있지만. 아직 턱없이 부족하다. 한 발짝 앞서가며 내가 더 의미 있는 삶을 살아가도록 다정하게 이끌어 주는 사람. 바로 나의 남편이다.

몇 해 전 어느 겨울밤. 일산 친정집에서 집으로 돌아오던 길이었다. 눈이 내린 후 얼어버린 도로 위는 한시도 긴장을 놓을 수 없을 만큼 위험했다. 또 왜 그리 깜깜했는지. 최대한 조심해서 운전 중이던 남편이 급브레이크를 밟았다. 놀라서 보니 불과 몇 미터 앞에 차가 서 있었다. 길이 상당히 미끄러웠기에 하마터면 충돌할 수도 있었던 위험천만한 상황이었다.

남편은 일단 차에서 내려 상황을 살폈는데 빙판길에 사고가 났고. 당황한 차주는 어떤 안전장치도 하지 않은 채 구조 요청 연락을 취하고 있었다. 위험에 처한 사람을 그냥 지나칠 수 없었던 남편은. 바로 트렁크에서 삼각대를 꺼내 깜깜한 도로를 되짚어서 달려갔다. 아이들은 어둠 속으로 사라져 가는 아빠를 보며 울먹이기 시작했고, 나는 얼른 아이들을 달랬다. 아빠는 어려움에 부닥친 사람을 도와주는 것이며 괜찮을 거라고 다독였지만, 정작 나조차도 너무 두려웠다. '달려오던 차가 남편을 못 보면 어쩌지?' 옆 차선에서 달리던 차들은 무슨 일인가 싶어 차창 밖으로 내다보며 지나갈 뿐, 누구도 도와주려는 사람은 없었다.

얼마 후 남편은 거친 숨을 몰아쉬며 무사히 돌아왔다. 우리를 안심시킨 후 다시 사고 차량으로 가서 차주에게 몸은 괜찮은지, 도움 요청은 했는지 등을 물어보며 한동안 옆에 있어 주었다. 갑작스러운 사고로 놀라고 힘들었을 젊은 남자에게 큰 위로가 되었으리라. 그런 남편의 모습을 바라보다 존경하는 마음과 더불어 감동이 밀려와 눈시울이 뜨거워졌다. 내 남편이 이렇게 좋은 사람이라서 참 감사했다. 얼마간의 시간이 흐른 후 경찰차가 도착했고 그제야 남편은 차로 돌아왔다.

"여보, 정말 고생했어요." 꽁꽁 언 얼굴은 미소로 환했지만, 다리가 후들거린다고 했다. 자기도 너무 무서웠다며 속마음을 털어놓았다.

빙판길 교통사고 뉴스를 접할 때면 그날이 떠오른다. 남편은 위험을 무릅쓰고 어려운 상황에 부닥친 사람을 기꺼이 도와주며 인생의 귀한 본을 보여주었다. 가족뿐만 아니라 주위 사람들에게 선한 영향을 주는 남편이 자랑스럽다.

좋은 사람이 되고 싶게 하는 남편 덕분에 내 인생의 방향이 분명해졌다. '선한 영향으로 남에게 유익을 주는 삶!' 우리 아이들도 이렇게 멋진 아빠를 보고 자라 세상에 선한 영향력을 끼치는 '진정한 어른'이 되길 바란다. 나아가 선한 행동의 선순환이 이루어져 더 아름다운 세상이 되길 바라본다.

삶에 버팀목이 없었다면?

대한노인회 포항시지회 김나경

늦가을 햇빛이 참 곱고 따뜻한 날이다. 그런데 파란 저 하늘로 날아가 버린 날. 텅 비어버린 내 공간은 찬바람만 가득하다. 슬프고 아픈 마음도 떠나기 전에. 나는 어떻게 살아가야 할지 내 앞에 걱정이 가득 밀려온다. 이제 무엇으로 살아갈까? 살아갈 날이 아직 많은데. 어두운 마음이 엄습해 온다. 가슴이 울부짖는다. 딸아이도 중심을 잃은 듯 방황한다. 소중한 인연과의 이별이 이렇게 가혹한 벌인 줄 몰랐다. 11월이 되면 생각이 난다.

딸은 애주가 아빠를 닮았다. 딸은 술을 마시고 경찰의 음주 단속으로 면허 취소와 거금의 벌금을 낸 적이 있다. 나는 생존을 위한 이런저런 교육을 자청해서 받아야 했고. 자정이 임박한 시간에 장거리 운전을 하며. 고속도로에서 졸음운전으로 대형사고를 낸 적도 있다. 주체할 수 없는 상황은 우리 모녀를 가혹하게 만들었다. 그런 과정 중에 여성인력개발원에서 일자리를 찾기 위해 학습하다가 우연히 대학에 갈 수 있는 길을 알게 되었다. 나에게는 희망이었고 감사한 발견이었다. 그즈음에 팔 힘이 부실한 나는 식당 일도 하기 어려웠다. 사회복지를 공부하여 열심히 살아 보리라는 마음으로 일하면서 전문대학을 진학하였다.

떠나간 사람이 내게 준 선물

고등학교를 졸업하고 35년이 지난 시점이다. 그 후에 배움의 길을 가기는 쉽지 않았다. 하지만 해야만 했다. 살아갈 방법을 찾기 위해 주중에는 여러 일을 해야 했다. 다행히 좋은 인연들로 인해 일은 아르바이트가 계속 연결되었다. 선거관리 위원회의 공정선거 지원단. 선거캠프 댄서팀. 시간제 업무. 통계청 조사원 등의 일을 하면서 가장의 자리를 지키며. 배움의 끈도 놓지 않았다. 늦게라도 배울 수 있다는 것에 감사하며. 어설프지만 다시 4년제 대학교에 편입하게 되었다. 응시자가 많았는데. 절반은 떨어졌다. 당시 면접 질문에 편입하여 대학을 다닐 수 있게 하는 강력한 응원자는 누구였냐는 질문에. 나는 서슴없이 세상을 떠난 남편이라고 했다. 목이 멘 소리가 나도 모르게 입 밖에 나온 것이다. 나중에 학우의 입에서 들려오는 말이 있었다. 어느 여자는 면접 장소에서 질질 울었다고. 그게 나 말고 다른 사람이 있었을까 싶다.

남편을 보내고 내가 해야 할 일을 찾지 못할 때. 나의 진로는 학교였다. 전문대학에서 그치지 않고 4년제 대학 편입은 나에게 삶의 의미와 가치를 부여해주었다. 바쁜 생활 속에 나의 길은 우울감을 잊게 하고 내 삶을 걸을 수 있게 해주었다. 나는 오로지 일과 학교였다. 남편의 응원이 계속 이어지고 함께한다는 기분으로 학업과 일을 즐겁게 하며. 우울감도 잊은 채 평생학습의 길을 가며 프리랜서로 성장해갔다. 경로당 '주간 보호센터' 시간제 일을 하며. 나의 역량을 점점 높여갔다. 가계의 어려움으로 돈의 갈증을 느낄 때. 주위의 유혹들이 내게 손을 뻗쳤다. 쉽게 돈을 번다는 금융 다단계에 휘말릴 때도 있었다. 지나고 나서 보니. 모든 것들이 인생 수업료였고 공부였다.

버팀목이 되어준 큰언니의 아픈 상처

내가 힘들 때 나의 버팀목이 되어준 사람. 그는 큰언니다. 나에게 언제나 힘이 되어준 엄마 같은 큰언니의 덕에 세상 사는 게 외롭지만은 않았다. 그런 언니에게 나는 늘 받기만 하는 못난 막내였다. 그래도 잘 버티고 잘 살아줘서 고맙다는 큰언니…. 나는 그 언니에게 아무것도 도움을 주지 못했다. 언니 아들이 우리 집에 함께 있을 때도 잘해주지 못했다.

그 조카가 얼마 전에 돌아오지 못할 아주 먼 곳으로 떠났다. 큰언니의 마음이 얼마나 아플까? 가슴에 쇳덩이가 박혀 추스르지 못하고 자꾸만 넘어지는 언니. 얼마나 억장이 무너질까? 날마다 애간장 놓으며, 당신의 분신을 알뜰히 살뜰히 건사했건만. 고통을 이기지 못하고 바람처럼 엄마를 스쳐 지나가 버렸다. 천륜은 통한다고 하였던가? 엄마를 얼마나 부르다 부르다 갔을까? 환영으로 보인 교감으로 느꼈다고 한다. 코로나 19가 가슴 아픈 이별을 만든다. 나의 사랑하는 조카가 세상 소풍을 먼저 마치고 다시는 보지도 못하고 만날 수도 없는 곳으로 갔다. 무엇이 조카의 인생을 방해했을까? 그의 인생이 내 마음도 아프게 한다. 어릴 때 자주 싸우곤 했는데. 그래서 더 돈독했던 사랑하는 조카였는데….

나는 큰언니 집에서 고등학교에 다녔다. 귀염둥이였던 조카는 귀공자처럼 생겼다. 어릴 때, 짜증을 조금 부리곤 했지만. 인정 많은 조카였다. 어디서부터 인생이 꼬였을까? 참 아까운 인생이다. 불쌍하다. 조카는 내가 가장 힘들 때. 포항에서 대학을 다녔다. 지난 일들이 주마등처럼 스친다. 나의 어린 딸에게는 든든한 오빠였는데…. 엄마 같은 큰언니의 은혜에 보답도 못했는데…. 미안하고 안타깝게 떠나갔다. 사랑하는 사람의 보내는 마음을 알기에 큰언니가 온전하고 강인한 마음으로 생활하기를 간절히 바란다. 언제나 나를 지켜주었던 것처럼 말이다.

평생학습으로 새 삶을 노래하리라

내가 선택한 평생학습은 나에게 자신감을 주었다. 당당하게 살아가는 힘까지 주었다. 나는 평생학습의 힘으로 대학원 석사과정을 60에 마쳤다. 당당하게 살아가는 나를 언제나 응원해 주는 큰언니. 떠난 사람은 지금의 나에게 평생학습을 하게 선물을 주며, 나의 인생을 바꿀 수 있게 해주었다. '좀더 빨리 공부하였더라면' 하며 아쉬워하는 큰언니의 마음도 이제는 시간 속에 묻혀갈 것이다.

60이 넘은 나이에도 당당하게 일할 수 있음에 감사한다. 40대나 50대에 뒤처지지 않고 싶다. 나는 오늘도 내가 세운 목표를 따라 무한 노력으로 희망을 찾아간다. 오늘도 평생학습으로 성장하며 살아가는 나를 본다. 조금은 대견스럽다. 지금은 경로당 복지 코디네이터로, 또 프로그램코디네이터로 힘차게 달린다.

타인을 이해하는 법을 알려준 두 아이

더드림성장연구소 대표   이고은

집으로 들어가는 길에 어디선가 아이들의 웃음소리가 들린다. 나는 자연스럽게 소리가 나는 곳으로 고개를 돌렸다. 미끄럼틀 타는 아이. 뛰어다니는 아이들이 보였고 얼굴에는 웃음꽃이 활짝 피어있었다. 그 모습을 보고 있자니 내 얼굴에도 미소가 지어졌다. 그 옆에는 엄마들의 모습이 보였다. 음식을 배달 시켜 먹고 있던 그녀들의 손에는 맥주캔이 하나씩 들려있었다. 미소 짓던 나의 얼굴은 맥주캔을 보는 순간 굳었다.

'대낮부터 집도 아니고 밖에서 애들 데리고 술이나 먹고 너무 한 거 아니야?'

몇 년 전. 어느 식당에서의 일이었다. 여직원들끼리 회식을 하는 중이었고 두 아이가 계속 식당 내부를 뛰어다녔다. 고깃집이었고 위험해 보이기도 했지만 말리는 이는 없었다. 뛰던 아이들은 소리까지 지르기 시작했다. 불쾌했고 대화하기도 어려웠다. 나뿐만 아니라 그 자리에 함께 있던 직원들 모두 불편한 기색을 드러냈다. (우리는 모두 출산 경험이 없었다) 잠시 후 식당은 조용해졌다. 뒤를 돌아보니 뛰어다니던 두 아이의 손에 각각 핸드폰이 들려있었다. 시선은 핸드폰 화면에 고정된 채 미동하지도 않았다. 덕분에 식당은 조용해졌지만, 밖에 나와서까지 아이들에게 미디어를 보여주는 부모를 보며 나는 절대 식당에서 핸드폰으로 미디어를 보여주지 말아야겠고 다짐했다.

아이를 낳기 전에는 보이지 않았던 엄마의 삶이고, 부모의 삶이었다.

아이를 낳고 엄마가 되자 지난날 내 생각들이 부끄러웠다. 아이들이 놀이터에서 노는 그 시간이 유일하게 엄마가 밥을 먹을 수 있던 시간이었고, 맥주 한 캔이라도 하기 위해서는 아이들이 잘 노는 시간이 필요했을 것이다. 그녀들이 찾은 대안이 놀이터에서 아이들 놀리며 맥주 먹기였으리라. 평소에는 밥도 제대로 챙겨 먹기 힘들고 먹더라도 코로 들어가는지 입으로 들어갔는지도 모르게 입속으로 넣기 바빴지만. 놀이터에서만큼은 여유롭게 먹을 수 있었던 것이다. 식당도 마찬가지다. 부부는 뛰어다니는 아이들에게 조용히 주의를 시켰을 것이다. 그러다 안 되니 어쩔 수 없이 핸드폰으로 미디어를 보여주는 선택을 한 것이다.

아이를 낳기 전에는 참으로 이기적인 삶을 살았다. 상대의 마음을 읽지 못하는 것은 물론 공감하지도 못했다. 내가 엄마가 되어보니 그들이 이해되기 시작했다. 이제는 눈에 보이는 모습만을 보고 타인을 욕하거나 비난하지 않는다. 사람들은 저마다 자신의 상황이 있다. 내가 그들의 입장이 되어보지 않았기 때문에 쉽게 판단하고 부정적인 시선을 보내는 것은 옳지 않다.

지난날. 그들을 나쁜 시선으로 바라본 나 자신이 부끄럽고 창피하다. 지금이라도 가서 사과하고 싶은 심정이다.
"제가 아이가 없어서 그때는 몰랐어요. 아이를 키우는 위대한 일을 하시는 줄도 모르고 몰라 뵈어 죄송합니다."라고 전하고 싶다.

내 인생은 아이를 낳기 전의 삶과 아이가 태어나고 난 후의 삶으로 나뉜다.
결국. 내 인생을 이렇게 바꾼 건 나의 소중한 두 아이다.

어우렁더우렁 살고 싶다

아름다운 세상을 보는 나(아세나) 백지원

얼마 전 알게 되었다. 50이 훌쩍 넘어 이제야 알게 되었다. 사람은 생일이 두 개가 있다는 것을. 육신의 생일과 영혼의 생일이다. 육신의 생일은 누구에게나 있다. 엄마가 낳아주셨으니 그날이 육신의 생일이다. 지금까지 육신의 생일이 되면 케이크의 촛불을 켜고 축하를 하며 살았다. 하지만 얼마 전 영혼의 생일이 있다는 것을 안 그날! 나의 생일이 또 하나 생긴 것이다.

이제 나는 두 가지 생일을 모두 찾았다. 영혼의 생일이란 내 삶의 변곡점을 깨달았을 때이다. 사람이 살면서 누구나 찾는 것은 아니다. 평생 살면서 알지 못하고 죽는 사람이 더 많다. 나는 나의 두 번째 생일을 찾았다.

나는 미용실을 20년 했었다. 3년 전까지만 하더라도 다른 사람들의 머리카락을 만지며 놀았다. 그때는 온통 지나가는 사람들의 얼굴은 보이지 않고 머리만 보였다. 그만큼 천직으로 알고 있었던 시절이었다. 하지만 어느 날 시력이 떨어지기 시작했고 급격하게 나빠지면서 일하는 게 불편하게 되었다. 처음엔 이러다 괜찮아지겠지… 라는 안일한 생각으로 방치하고 있었다. 안경을 5년 동안 끼고 다녔다. 그러던 어느 날 안경을 껴도 잘 보이지 않았다.

그때야 안과를 찾게 되었었다. 노안과 백내장은 이미 많이 진행되었다고 한다. 또한, 안구건조증은 악성이라고 했다. 처음엔 충격이었다. 하지만 일상생활이 불편하게 되자 안경을 벗기로 했다. 안경을 벗고 나니 새로운 삶이 기다리고 있었다. 나의 삶이 변화되기 시작했다. 20년 동안 하고 있던 미용실을 정리했다.

안경을 벗은 후 나는 책을 좋아하게 되었다. 사람을 좋아하게 되었다. 배우는 것을 좋아하게 되었다. 나의 성장을 위한 일을 찾게 되었다. 꿈을 꾸게 되었다. 지난 일은 다 잊고 5년 후의 모습을 생각하게 되었다. 50대 이전에는 아이 키우고 일하느라 못했던 나의 꿈을 이제는 키울 수 있는 타이밍이 되었다. 100세 시대를 사는 요즘! 잘 선택한 것 같다.

나는 나의 가치를 소중하게 여기는 존재가 되었다. 언젠가는 나의 꿈을 이루고 많은 사람과 어우렁더우렁 살고 싶다. '어우렁더우렁'은 '여러 사람과 어울려 들떠서 지내는 모양이라고 한다. 나는 나와 비슷한 가치를 추구하는 사람들과 어울려 나의 경험과 지혜를 함께 나누며 재미있게 즐겁게 어우렁더우렁 살아가고 싶다.

나는 나의 사명이 생겼다. 눈 건강을 원하는 이들에게 행복 성장을 돕는 일을 하려 한다. 내가 먼저 걸어온 길이기에. 나의 성장을 끊임없이 추구하며 학습하고 실천하며 나눔으로 아름다운 세상을 볼 수 있도록 돕는 일을 하려 한다. 나는 이런 나에게 고맙다. 안경을 벗은 나의 선택은 현명한 선택이었다.

만일 그때 그 현명한 선택을 하지 않았다면 나는 내 삶의 변곡점을 찾지 못했을 것이고, 아직도 힘들게 하루하루 노동의 시간을 보내고 있었을 것이다. 하지만 현명한 선택을 한 덕분에 나의 두 번째 생일인 영혼의 생일도 찾았다. 건강한 눈으로 행복 성장을 하고 있다.

지금까지 내 삶과 꿈을 성장할 수 있도록 도와주신 분께 감사함을 표하고 싶다. 처음엔 '밀리의 서재'를 통해 책을 읽기 시작했다. 조금 지쳐있었을 때쯤 온라인 세상에서 낭독 특공대에 처음으로 입문하게 되었다. 낭독하면서 매일 1시간씩 낭독을 했다. 낭독하면서 발음도 또렷하게 좋아졌다. 낭독을 통해 나와 내면의 나를 만나게 되었고, 삶에 대한 열정과 자신감이 생겼다. 낭독 특공대 독서 모임을 운영하는 '십시일강' 김형숙 대표님은 나에게 고마운 존재이다.

'십시일강' 단톡방에서 우연히 나의 눈에 띈 전자책을 하나 내려 받아서 낭독하게 되었다. '나 연구소' 우경하 대표님의 전자책이었다. 우연일까? 필연일까? 전자책을 처음 알게 되었는데 30분 정도면 한 권을 다 완독할 수 있는 분량이라 재미있었다. 낭독하고 너무 좋아서 단톡방에 공유했더니 우경하 대표님이 보셨다. 바로 개인 카톡으로 유튜브에 올려도 되겠냐고 하셨다. 신기했다. 내 목소리를 유튜브 영상으로 들을 수 있다 하니 거절할 이유가 없었다. 나는 1초도 망설임 없이 "네! 저도 좋아요."라고 답했다. 그날부터 하루 한 권씩 우경하 작가님의 전자책 58권을 낭독하고 유튜브에 업로드되었다. 우경하 대표님께 받은 선물이었다. 덕분에 더 큰 성장을 하는 것을 느낄 수 있었다. 우경하 대표님께 진심으로 고마움을 표하고 싶다. 우경하 대표님 덕분에 전자책 쓰기까지 성공했다. 『볼 수 있는 것의 기적』이 내가 쓴 전자책이다. 현재 유페이퍼에서 판매되고 있다.

김형환 교수님 1인 기업 경영도 배웠다. '삶과 일은 하나다.' 나의 핵심가 치를 알게 되었고, 사명과 비전의 정의를 배웠다. 나의 강점을 통해서 하는 일에 활용할 수 있다는 것을 알게 되었다. 김형환 교수님도 내게 고마우신 분이시다.

고마워 프로젝트 최덕분 대표님을 알게 되었다. 소소하고 작은 것을 발견 하여 거대한 브랜드의 가치를 창조하는 분이시다. '고마워'라는 말 한마디로 빙산 속에 숨어있는 내면의 세계를 바깥세상으로 탈출시켜주는, 우리 삶에 꼭 필요한 부분이다. 나의 내면을 안다는 것, 나의 색깔을 알 수 있다는 것 은 보석 같은 선물이다. 나의 내면의 보석을 꺼내어 나만의 콘텐츠 '아세나' 로 탄생시켜주신 분이시다. 최덕분 고디 대표님께 고마움을 전하고 싶다.

마지막으로 『누가 내 꿈을 훔쳐 갔을까?』 저자 김상경 작가님! 나의 꿈을 구체적으로 생각하는 기회가 되었고, 나이 상관없이 누구에게나 꿈이 있어 야 한다는 것을 일깨워 주셨다. 삶과 독서를 통해 지혜를 나누어 주시는 진 짜 꿈을 찾아갈 수 있게 도와주는 방법이 책 속에 다 들어있다. 저자 특강을 통해 나의 두 번째 생일인 영혼의 생일을 찾을 수 있었다. 김상경 작가님께 진심으로 고마움을 전하고 싶다.

김형숙 대표님! 우경하 대표님! 김형환 교수님! 최덕분 대표님! 김상경 작 가님! 고맙습니다!

목요반 그림책 공방,
그리고 다시 살아가기 기술

건축자재 컨설턴트 해피트리 서원 엄해정

삶을 살아가는 데는 기술이 필요하다. 나는 매주 목요반 그림책 공방에서 도구를 사용하는 기술을 배운다. 이번 주에는 사노 요코 작가의 『아저씨 우산』이라는 그림책으로 테라피를 했다. 사노 요코는 『백만 번 산 고양이』, 『인생이 뭐길래』, 『아들이 뭐길래』 등의 작가이며 그것이 뭐라고? 라는 질문과 함께 그것과 하나 되는 삶으로, 관찰자의 입장에서 글을 쓰는 작가이기도 하다.

그림책 공방에서 나에게 의미 있었던 책들은 많지만. 그중에서 『점』, 『알바트로스의 꿈』, 『백만 번 산 고양이』가 특히 의미 있었다. 이번에 함께한 그림책은 『아저씨 우산』이었다. 아저씨는 어느 특별한 날에 우산을 쓰려고 비가 오는 날에도 비를 맞으며 우산을 쓰지 않았다. 그러나 우리가 살아가면서 그 특별한 날은 언제일지 모른다. 그 특별한 날을 위해 아끼다 그 우산을 한 번도 못 쓸 수도 있다는 것을 발견했다. 그 특별한 우산을 쓰는 날 특별한 날이 된다고. "특별한 날 쓰기로 준비한 그것을 늘 쓰십시오. 그러면 늘 특별한 날이 됩니다."라는 주제로 그림책 테라피를 하는 중 나에게 큰 울림이 왔다. 내가 아끼느라 펼치지 못한 우산은 무엇이지? 자기 질문을 하였다.

머리가 띵 했다. 내게 해결되지 않은 어린 시절 내면 아이의 상처가 드러났다. 그 미해결과제를 품고 살아가면서 아이들에게. 남편에게 통제하고 억

압하고 원망하고 불평불만을 달고 살았다. 100으로 신뢰하지 못하고 의심하고 집착하면서 상대를 괴롭혔다. 그렇게 살아온 것이 너무 미안했고 가슴이 아팠다. 풀어야 할 나의 과제의 투사임을 알아차리지 못했다. 나의 미성숙함으로 가족들에게, 주변에 상처를 주었다는 것을 알게 되었다.

그렇다면 내가 펼치지 못한 우산은 무엇이었을까? 풀어야 할 과제는 무엇이었을까?

힘들었던 어린 시절의 환경에서 악으로 깡으로 버텨내야 했던 삶 속에서 수없이 많이 쌓인 응어리가 있었다. 원한, 미움, 한이 쌓이면서 불안-분노-억울함이라는 감정이 켜켜이 쌓여있었다. 내가 보란 듯이 살아가기 위해서는 힘이 필요했다. 강한 힘이 필요했다. 나를 보호해줄 아버지 같은 힘. 그것은 돈이라고 생각했고 열심히 일하여 돈을 모았다. 그렇게 지금 여기까지 오면서 남 부러운 것이 없는 지금이지만 그 과정에서 아이들에게, 남편에게 나도 모르게 상처를 주고 힘들게 하였던 나를 돌아보게 되었다.

열악한 환경을 살아가면서 사용했던 부정적인 감정은 오히려 디딤돌이 되고 에너지의 원동력이 되었을 수도 있었을 것이다. 그러나 그것들은 다시 반대작용을 하기도 했다. 미움, 시기, 질투 억압 등의 부정적인 감정으로 작용하며 상대와의 관계, 가족 간의 관계에서도 불편한 갈등을 초래하기도 했다. 그림책 공방에서 그것들을 발견하고 엉엉 울었다. 그렇게 접촉한 나의 미해결과제를 이마고 대화법의 장을 만들어 해결하고 다시 새로운 게슈탈트에 접촉한다. 그리고, 지금 여기가 전경이 되는 삶을 살아간다. 존재의 입장에서는 한 번도 사랑하지 않은 적이 없지만, 실존의 세상에서도 언제나 사랑했던 그 마음으로 오늘부터 사랑하는 가족에게 온전히 100으로 사랑하기가 내 삶의 전부가 되기를 서원해본다.

아침마다 가족들 각각 한 명 한 명에게 감사의 절 7배씩 올린다. 그리고 세상에게 또 7배의 감사의 절을 올린다. 삶은 풀어야 할 문제가 아니라 경험해야 할 현실이고 신비이다. 삶의 미해결과제가 있으면 경험의 신비로 넘어가지 못한다. 풀어야 할 삶의 과제가 해결되어야 삶에 대한 이해, 타인에 대한 이해의 공간이 생긴다. 자극과 응답의 사이에는 공간이 필요하다. 공간의 확보는 힘이고 자유로움이다. 부모가 자신들의 문제를 해결해야 아이들이 본래 경험해야 할 신비로 경험하며 살아간다고 알게 되었다. 매주 진행되는 그림책 공방의 작가로서 미해결된 과제의 점을 찍고 완전히 연소하며 살아가려고 노력한다.

『아저씨 우산』의 독후 질문지를 적어보았다.

1. 내가 아끼느라 쓰지 않고, 접어둔 나의 우산은 무엇인가?
   허용, 사랑, 인내, 겸손
2. 내가 바라만 봐도 즐거운 나만의 우산은 무엇인가?
   100% 사랑으로 가득한 본질, 가족, 재산, 지구별 여행 동반자들
3. 그 우산을 언제 쓸 것인가?
   필요할 때, 즉시
4. 어떤 자극을 받을 때 접어둔 우산을 사용할 수 있는가?
   항상 사용한다.
5. 나의 특별한 날은 언제인가?

오늘, 지금, 이 순간

6. 내 인생에 감사한 분 적어보기

나를 낳아주시고 길러주신 사랑하는 우리 엄마

남편을 낳아주시고 길러주신 우리 시어머님

나의 100% 후원자 남편 이승만 님

나의 지구별 여행자의 든든한 동반자 3명의 아들, 그리고 친지들

나의 영적인 성장을 도와준 불교

나의 영적인 성장을 도와주시는 영진 스님, 무공 스님 등 스승님들

그리고 그림책 공방 작가로서 삶의 도구를 잘 사용할 수 있도록 도와주시는 한진주 박사님

영혼의 동반자 김연하 보살님

좋은 것이 있으면 얼른 나에게 소개하고 연결해주시는 이성희 교수님

늘 진심으로 마음을 다해 접촉해 주시는 진선 김해숙 선생님

우리 사무실에서 애써주시는 직원들

우리 사업장 찾아주시는 여러 고객님

늘 함께 숨 쉬고 살아가는 지구별 여행자님들

사랑합니다. 감사합니다. 덕분입니다.

내 인생을 바꾼 천사들

모든 일에 감사하며 사는 박금심

등대 같은 아버지

등대는 항해하는 사람들에게 이정표요, 희망이다.

내 인생에 등대 같은 사람이 있다. 아버지는 내 인생의 길잡이와 희망이 되어 주신 분이다. 어떠한 어려움에도 좌절하지 않고 꿋꿋하게 갈 길을 걸어 여기까지 오게 해주신 분이다.

변화무쌍한 삶을 변함없이 등대를 향하게 하고 끊임없이 변화를 주신 든든한 분이다.

노래가 되어 준 형제들

노래를 부르면 기쁨은 배가 되고 슬픔은 작아진다.

내 인생의 노래를 같이 부를 수 있는 사람들이 있다는 건 얼마나 행복한 일인가!

슬플 때나 기쁠 때나 함께 하며, 노래 같은 나의 형제들이 있다.

나의 삶을 풍요롭고 감미롭게 변화시켜준 형제들에게 많이 감사하다.

꽃이 되어 준 가족들

꽃을 보면 저절로 웃음이 나고 즐거워진다. 내 인생에 가족이 없었다면, 나무에 잎들만 있고 꽃과 열매가 없는 모습이었을 것이다. 그처럼 내 가족은 꽃이 되어 내 인생을 아름답게 변화시켜주어 고맙고 소중하다.

손수레 같은 은인들

손수레는 무거운 짐을 가볍고 쉽게 나를 수 있다. 내 삶의 무거운 짐을 손수레처럼 가볍고 쉽게 끌 수 있게 도와준 많은 은인이 있다. 내 인생의 힘든 여정을 힘들지 않게 변화 시켜 준 은인들을 기억하며 감사한 시간을 갖는다.

하느님을 만나게 해주신 박요셉 신부님

기도회 모임에 지각한 나는 굳게 잠긴 성당 문을 열지 못하고 돌아가려고 했다. 그때 문밖에서 나를 기다리고 서 계신 요셉 신부님을 보았다. 순간 나는 천국에서 나를 맞이해주시는 하느님을 보는 듯했다. 그 모습은 내 신앙의 여정과 인생에서 가장 잊을 수 없는 엄청난 감동이었다. 그때부터 내 인생은 나 자신도 놀라우리만치 변화되었고 조금씩 변화되고 있다.

물론 하느님 보시기에 좋은 모습으로의 변화다. 가장 감사한 일이다.

하느님의 자녀가 되도록 이끌어 준 류윤영 아나스타시아

한 사람의 일생 중 삶의 반전 순간이 있다. 나에게 그 순간과 사건은 하느님의 자녀가 된 것이다. 신덕 공인 중개사 사무실을 20여 년간 운영하면서 수많은 손님을 만났다. 그중에 나를 하느님의 자녀가 되도록 도와주고 기도해 준 아나스타시아는 내 인생의 가장 큰 은인이다. 철산성당에서 엘리사벳이라는 이름으로 세례를 받고 행복한 신앙인으로 살고 있다. 내 인생에서 하느님을 만난 것은 가장 큰 축복이요, 반전이다. 무엇보다도 감사한 변화다.

내 인생을 바꾼 사람들을 생각할 기회를 준 이루미 작가가 고맙다.

소중한 사람들과 기억을 되살리는 보람 있는 시간을 허락하신 주님께 감사와 찬미를 드린다.

숨통과 소통

소심하지만 꾸준하게 발전하는   이주연

   동화 속에 살다가 결혼과 함께 시작한 신세계. 결혼했으니 자신이 한 가정을 책임져야 한다는 생각으로 마주한 현실은 힘들었다. 하지만, 읽어 왔던 책 속의 주인공들처럼 꾸준히 노력해야 한다고 생각했다. 하루를 허투루 쓰지 않기 위해 계획하고 실천하며 살았다.

   아이들이 생기고는 에너지를 그곳에 더 쏟아부었다. 그런데 노력하는 삶 속에 '나'는 사라져갔다. 집이 외진 곳이었지만, 말수가 많은 편이 아니어서인지 몇 년간은 견딜만했다. 하지만 사람은 사회적 동물이라고 했던가? 답답함과 우울함이 오기 시작했다. 그래서 집이 좁아도 교통이 편한 곳으로 이사했다. 운전이 서툴렀던 나는 그제야 숨통이 트였다.

   그 뒤 우연히 가게 된 아이 학교 강의. 들었던 수업을 계기로 동아리가 결성되었다. 바로 '책 읽는 라온'이다. 다들 엄마들인지라 처음 관심사는 아이들에 관한 내용이었지만, 점점 개인의 발전을 위해 고민했다. 배운 내용을 기반으로 한 도서관 강의. 유치원과 초등학교 봉사활동. 제작한 보드게임 공모전 출품 등을 함께 하며 시작을 겁내는 나도 많은 것을 배울 수 있었다.

   혼자가 아니었기에 많은 일을 해내며 새로운 경험을 할 수 있었다. 그러기까지 많은 대화와 서로를 알아가는 시간이 필요했다. 함께 하는 시간 속에서 서로의 재능을 시기하지 않고 키울 수 있도록 해주었다. 사람마다 가진 장점이 다르므로 모두가 '능력자'였기 때문이다. 사람들과 소통하며 시작한 일을 꾸준히 해내는 성공들이 내 존재감을 다시 살려주었다.

인생에서 살아남는 것도 힘든데 어떻게 현실을 바꿀 수 있겠는가? 라고 생각하는 이들이 있다면 말해주고 싶다. 반드시 혼자가 아니라 타인과 소통하며 살아가라고. 그러다 보면 좋아하는 일이 무엇인지, 그 일을 어떻게 해야 하는지 끌어 줄 수 있는 이를 만날 수도 있으며, 내가 누군가를 끌어줄 수도 있다고 확신한다.

마지막 말은 나에게 해주고 싶은 말이다.

해보지 않은 일에 겁내지 말고 도전하자! 실패든 성공이든 내 경험은 또 다른 나를 완성시킬 것이다.

절세미인 이정임 여사

차곡차곡♡고맙습니다♡ 다 내덕입니다 **국성희**

내 인생을 바꾼 사람이란 주제를 떠올렸을 때 제일 먼저 생각나는 사람은 절세미인 이정임 여사님이다. 나에게 사랑을 몸으로 알려주시는 분. 내 남편의 어머니. 나에게는 시어머니시다. 짝꿍처럼 함께 지내시던 시아버지께서 교통사고로 갑작스럽게 돌아가시고 아버지의 빈자리를 어떻게든 채워드리려고 생신 때 이벤트를 열었다. '절세미인 이정임 여사님 사랑합니다.'를 큼직하게 새겨 넣은 플래카드를 벽에 걸어드렸다. 어머니는 환하게 웃으셨다.

결혼 초 한 번씩 시가에 들를 때마다 어색한 마음에 하룻밤 지내는 시간이 빨리 흐르기를 바랐다. 손이 크신 어머니는 오랜만에 방문한 자식들에게 이것저것 먹이고 싶으셔서 늘 바쁘셨고 옆에서 보조를 서야 하는 나는 허리가 끊어질 듯 아팠다. 어머니의 아들인. 나의 남편은 소파에 누워 있었다. 그럴 때면 서운해지는 마음은 어쩔 수 없었다.

어머니 시절에는 여자는 부엌일을 해야 하고 밥통의 밥은 제일 먼저 아버님 거부터 퍼야 했다. 아버지는 밥상이 다 차려져 있어도 수저가 없으면 아무 말 없이 수저를 놓을 때까지 기다리셨다고 한다. 어머니는 당신은 그런 세월을 살았으니 "너는 네 남편을 가르치면서. 시키면서 살아라."라고 하셨다. 집으로 내려올 때 어머니는 고생했다며 늘 등을 쓰다듬어 주셨다. 나를 보듬어주시려는 그 마음을 알고 있기에 서운함이 내 마음에 오래 머물지 않았다.

어머니가 자주 하시는 말씀 중 하나는 "괜찮아. 괜찮아."이다. 아버지가 돌아가시고 얼마 되지 않아 어머니 또한 유방암 수술을 받으셨다. 정신적, 육체적으로 힘드신데 "괜찮아. 괜찮아." 하시는 어머니. 몸이 피곤해서 어쩔 줄 몰라 하는데도 "나는 괜찮아. 너 좀 쉬어라. 너 좀 더 자라." 하시는 어머니. 반찬 하나하나 정성을 다해서 어디서도 맛볼 수 없는 밥상을 준비하시는 어머니. 때론 "대충 먹어요.", "배달 음식 시켜 먹어요."라고 말하며 게으른 응석을 부리는 내게 어느 것 하나 허투루 하시지 않는 모습에 고개가 절로 숙여진다.

어머니 집에 들어서면 어머니는 세상 반가운 얼굴로 맞아주신다. "오느라고 애썼다." 하시면서. "오랜만이다." 하시면서 아이들 한 명 한 명 안아주신다. 귀여운 손자들에게 순서가 밀리지만 "우리 며느리도 안아볼까?" 하시며 안아주신다. 내가 자격증 시험을 보게 될 때 찹쌀떡값을 보내주기도 하시고 문자로 사랑한다고 말해주시는 어머니. "애썼다. 애썼다."를 가장 많이 말씀해 주시는 어머니. 사랑 표현에 익숙하지 못한 내가 사랑을 받고 그 사랑 그대로 나의 아이들에게 표현할 수 있게 된 것은 어머니에게 몸으로 배운 사랑 때문이다.

어머니를 생각하면 울컥 눈물이 먼저 차오른다. 흐르는 시간을 어찌할 수 없는 것을 알기에 좀 더 건강하시고 이제 편안하게 여생을 즐기셨으면 좋겠다. 나 또한 어머니에게 배운 사랑을 실천하며 살고 싶다.

평소에 표현하지 못했지만 "절세미인 이정임 여사님! 사랑합니다."라고 마음으로나마 외쳐본다. 나의 외침을 어머니가 들으셨으면 좋겠다.

너희와 내가 함께
성장하는 시간을 응원하며...

일상 행복을 즐기는 룰루랄라 보드미쌤   윤 미

"엄마! 기분이 좋아 보여요." "엄마가 좋으면 저도 좋아요."

흥얼거리며 식사 준비를 하는 내게 큰아이가 와서 빙그레 웃으며 말을 건넨다.

아이에게 종종 해 주었던 말이다. '네가 좋아하는 걸 보니 엄마도 좋다.' 그 말을 아이에게 듣는 순간 마음이 몽글몽글 따뜻해진다.

아이가 젖먹이 시절에는 잘 먹고 잘 재우는 것이 최대의 과제였다. 활동이 왕성했던 유치원. 초등학교 시기에는 다양한 체험과 독서로 머릿속에 지식을 넣어주기에 급급했었다. 무언가를 계속해서 제공해 주어야 한다는 엄마로의 책임감이 컸던 때였다. 아이는 엄마가 차려 놓은 것들을 받아먹었고, 나는 차려 놓는 과정을 즐겼다. 그 시간은 그리 길지 않았다. 어느덧 아이에게 사춘기라는 녀석이 찾아왔고, 아이는 더는 내 품에 머물러 있지 않았다. 거친 풍랑 속에서 나는 이리저리 흔들리기 시작했다.

엄마의 바른말은 잔소리가 되었고, 아이는 투명 귀마개를 장착하고 눈에서는 레이저를 쏘아댔다. 아이에게 밀착해 있던 시기는 지나고 거리 두기가 필요한 시기가 온 것이다. 아이는 존재만으로도 존중받아야 마땅하다는 그 기본을 나는 까맣게 지우고 있었다. 나 역시도 존재함으로써 소중한 사람이라는 생각이 마음을 채웠다. 욕심을 내려놓고 온전히 아이 존재 자체만 보게 되자 감사와 행복이 다시금 차오르는 것을 느꼈다.

탄성 좋은 커다란 그물을 쳐 두고 자유롭게 헤엄칠 수 있게 하는 게 엄마의 몫이라 생각했다. 채워주지 말고 보여주기로 마음먹었다.

내 안에서 행복을 찾기 위한 여행을 시작했다. 관심을 내게로 돌리고 마음의 소리에 귀 기울였다. 아이가 사춘기를 겪으며 자신에 대해 생각할 때 나도 제2의 사춘기를 보내며 내게 질문을 던져 본다. '내가 진정 원하는 건 뭘까?' 가슴이 설레는 일을 하고 행복의 작은 씨앗을 하나둘씩 모아본다. 설렘과 기쁨이 충만한 시간은 에너지가 되어 가족에게 다시 돌아간다.

아이는 본인의 삶을 살아갈 것이기에 아이를 믿고 나의 길을 가면 되었다. 아이들의 도전과 꿈을 응원하는 엄마와 엄마를 믿고 응원해 주는 아이들은 한 팀이다. 넓은 바다에서 아이들과 함께 서프보드에 올라 함께 출렁거린다. 잔잔한 파도에 기분 좋게 몸을 맡기기도 하고 큰 파도를 온몸으로 감당하기도 하겠지.

두 아이에게 찾아온 사춘기를 함께 보내며 엄마인 나도 함께 성장 중이다. 성장의 시간을 만들어 준 아이들에게 참 고맙다. "엄마! 괜찮아요. 다 잘 될 거예요." 작은아이의 이 한 마디에 힘 나는 오늘이다. 그래. 괜찮다. 다 잘 될 거니까. 아이도 나도 한 뼘쯤 자라는 오늘을 응원한다.

놓치고 싶지 않은 우리의 시간

16년차 병설 유치원 교사 전우리

　초등학교, 아니 국민학교 1학년 때 나는 시계를 볼 줄 몰랐다. 큰언니와 막내 남동생은 장녀와 아들이라는 각자 만의 합리적인 명분이 있어 유치원이나 그와 비슷한 교회의 부속 시설을 다녔지만, 중간에 끼인 나는 그러질 못했다. 여유로운 형편이 아니었으니 그럴 법했다.

　과밀학급이 일반적이었던 그 당시는, 학교 수업이 오전반과 오후반으로 나뉘어있었다. 오전반일 때야 엄마가 직장에 나가시기 전에 학교 버스(당시 학교에 통학버스가 있었다)를 태워 보내주셨지만, 오후반일 때에는 아무도 없는 빈집에 있다가 내가 알아서 시간에 맞추어 버스를 타고 가야 했다. 시계를 볼 줄 모르니 부모님은 늘 작은 바늘이 여기, 긴 바늘이 여기에 가면 버스를 타는 국기게양대 아래로 가라고 알려주셨다. 하지만 내게는 너무 어려운 일이었다. 집에서 놀면서 노상 시계만 쳐다볼 수 있는 1학년이 어디 있겠는가? 나는 학교를 못 가는 일이 종종 있었고, 다음날에는 그것 때문에 선생님께 야단을 맞았다.

　무뚝뚝하고 엄하셨던 아버지와 다르게 작은아버지가 참 자상하셨다. 명절 때만 되면 아버지의 형제들은 참 자주 싸우셨다. 무슨 이유였는지 모르지만 그렇게 싸웠다. 일단 시작되면 그 모양새가 좋지 않을 정도로 싸움이 제법 커졌는데 그러면 형제 중 막내셨던 작은아버지는 나와 사촌들을 차에 태우고 재미있는 곳에 가자며 이리저리 데리고 다니셨다. 그런 경험이 반복

되자 나중에는 어른들이 싸우는 게 줄곧 무섭지만은 않았다. 왜? 그럴 때마다 작은아버지가 여기저기 구경도 시켜주시고 맛있는 것도 사주시고 하셨으니까.

시계를 보는 법도 작은아버지께 배웠는데. 가끔 집에 놀러 오시면 나와 동생을 앉혀두고 시곗바늘이 돌아가는 원리부터 차분히 가르쳐 주셨다. 그렇게 한 번 배워도 금세 다시 잊어버리고는 했지만. 작은아버지는 오실 때마다 반복해서 가르쳐 주시곤 했던 기억이 난다. 나는 그렇게 천천히 시간을 배웠다.

나의 큰아이가 7살이 되던 해부터 학습지에서 시간에 대해 다루기 시작했다. 요새 사람들은 머리도 좋다. 어쩜 저렇게 쉽고 재미있게 배울 수 있게 만드는지 내가 1학년 때 저 놀잇감이 있었다면 학교를 못 가는 일 따위는 없었을 듯싶다. 아이는 혼자 교재를 가지고 놀며 시간개념을 금세 익혔다. 아이가 냉큼냉큼 시간을 대답하는 것을 볼 때면 늘 작은아버지가 떠오른다.

작은아버지는 개인의 시간은 많이 놓치며 사신 분이다. 여러 가지 문제로 편치 않은 나날을 보내고 계신다. 하지만 나는 작은아버지 덕에 내 시간을 놓치지 않게 되었다. 애교 없는 조카라 마흔이 넘는 나이가 되도록 감사하다는 인사 한번 제대로 못 드렸지만. 이제라도 이렇게 마음을 표현하고 싶다. 환갑을 넘기신 나이지만 이제라도 당신의 시간도 놓치지 말고 사시라고….

뿌리가 깊은 나무가 되도록
내 인생의 전환점이 되어준 귀한 인연,
김은지 나은정

여성전용 휘트니스 운영   이선영

지금의 내가 성장할 수 있도록 밑거름과 발판이 되어준 두 분과의 귀한 인연에 대한 감사를 표현하고 싶었다. 3년여 가까운 코로나 시기의 힘듦을 옆에서 지켜봐 주며 마음을 다잡아 나갈 수 있도록 늘 조언으로 격려를 아끼지 않은 사람들이기 때문이다.

첫 번째 김은지 대표님과의 인연은 13년 전 과거로 거슬러 올라가야 한다. 30대 후반 건강 상태가 좋지 않아 운동을 찾고 있을 때쯤 만나게 된 커브스 운동센터의 센터장이다. 3년여 넘게 운동을 하며 몸의 상태가 좋아지면서 이 운동에 확신이 서게 되어 커브스 오픈을 하게 되었고, 대표님에게 많은 노하우를 배우며 새로운 공부와 학문에 눈을 뜨게 되었다.

창의력과 회원 관리가 탁월했던 대표님은 항상 세세하게 주위 사람들이 챙기는 사람이었고 항상 전국 베스트 탑을 하면서도 늘 겸손히 티를 내지 않고 모든 사람과 조화롭게 조율하며 융합하는 분이시다. 그래서 늘 주위에는 좋은 분들이 많았으며 사람 덕으로 사는 분이라고 느낀 분이다.

두 번째 나은정 대표님과의 인연은 나의 회원으로서 인연을 맺으며 만나게 된 분이다.

인지행동치료 전문가이자 교수로서 활동하며 서로의 직업에 관한 이야기를 나누었다. 소통이 잘 이뤄지면서 물리치료 전문가이신 김은지 대표님과 합류했고 나은정 회원님과 셋이 스터디를 결성하여 앞으로 만들어갈 직업에 대한 방향성에 관한 의견을 공유했다. 서로에게 동기부여를 할 수 있는 하나의 자극제가 되면서 우리는 그렇게 각별한 사이로 발전하게 된 것이다.

본인 일에 대한 자부심과 사랑. 열정이 가득하고 늘 사람에 대한 애정으로 넘쳐나며 항상 긍정적인 에너지를 발산하면서 생활하는 마인드를 존경하고 좋아한다.

특히 힘든 시기에 서로가 기죽지 않도록 용기와 희망으로 북돋아 주고 해낼 수 있다는 긍정의 에너지를 많이 주신 분들이다. 이분들이 아니었으면 지금쯤 흔들리는 갈대처럼 휘청거리며 이 시기에 무엇을 하면서 집중해야 하는지 아직도 헤매거나 방황하고 있을지도 모른다.

나무가 흔들리지 않게 뿌리를 바닥에 깊이 내릴 수 있도록 나의 마음에 양식을 주신 분과 오랜 시간 함께하며 내공을 키웠던 시간이 고맙고 자랑스럽기까지 하다.

나의 마음과 감사함의 표현을 짧은 글로 대신하기 어렵겠으나. 늘 고마움을 표하고 싶었던 이들을 위해 글을 쓸 수 있었던 이 시간이 행복하고 감사하다.

늘 지금처럼 곁에 남아 주세요.

김옥경 선생님

꿈꾸는 현실 미니멀리스트　엄채영

　인생에서 잊을 수 없는 사람이 있다. 초등학교 6학년 담임선생님은 내 기억 속에서 아직도 반짝이신다. 6학년 1학기 반장이던 나를 선생님은 참 예뻐하셨고 이런저런 심부름도 많이 시키셨다. 학급일 뿐 아니라 나보다 몇 살 어렸던 자녀가 쓴 글도 한 번 봐달라 하셨다. 믿고 부탁해주시는 것이라 즐거웠다. 당시 태진아의 '옥경이'란 노래가 인기였는데 선생님 성함이 바로 '김옥경'이었다.

　선생님은 일단 외모부터 화려하셨다. 초등학교 선생님 같지 않게 매일 색감 있는 투피스 정장을 입으셨고 어린 내가 보기에도 매력적이고 세련되었다. 선생님보다는 잡지사 편집장님 스타일에 가깝지 않았나 싶다. 그냥 이쁘장한 분이 아니라 멋진 사람. 요즘 말로 센 언니 스타일에 우아함을 겸비하셨다. 늘 커피를 달고 사셨는데 여름에는 200㎖ 급식 우유를 얼려 커피를 타 드셨던 기억도 난다. 나는 그런 선생님을 표현할 말을 찾다가 어느 날 일기장에 이렇게 썼다. "우리 선생님은 참 섹시하시다." 지금 생각하면 선생님께 쓰긴 많이 어색 표현이지만 어린 나는 '섹시하다'라는 뜻이 '멋지고 예쁘다' 정도로 생각했었던 게 아닐까 싶다.

　선생님은 시대를 앞서가는 당찬 여성이었다. 학교에서 단체로 수영강습을 받으러 가는 날이었다. 반별로 큰 버스를 타고 갔는데 버스 운전기사 아저씨가 시끄럽다고 화를 많이 내셨다. 아이들이 도란도란 이야기하는 정도였는데 여자 선생님이어서 아저씨는 더 큰소리를 쳤던 것 같다. 선생님은 그냥 넘어가시지 않으셨다. 수영장에 도착해 운영 측에 항의하고 우리 반 아이들에게 직접 사과를 하라고 하셨다. 아저씨가 우리에게 와서 직접 사과를 하시는 것이 아닌가! 잘못된 상황에서는 목소리를 내야겠다 느꼈다. 나도 비슷한 부분이 많았는데 미술 시간에 내가 그린 그림을 보면 웃음이 난다. 세계권투대회에서 여자 선수가 남자 선수를 이긴 후, 한 손을 높이 들고 환하게 웃는 모습. 그 당시만 해도 전교 회장은 남자, 부회장은 여자를 뽑던 시절이었다. 나는 반 남자아이들에게 팔씨름하자고 하는 좀 당돌한 여자아이였으니 나와 선생님은 통하는 부분이 많았다.

선생님은 6학년 졸업식에 답사하는 학년 대표로 나를 추천하시고 자리를 만들어주셨다. 학교에서 활동을 많이 하는 학부모의 자제들이 했던 것이라 내가 뽑힌 날 다들 굉장히 의외라는 표정을 지었다. 우리 부모님은 학교 일에 관여하지 않으셨기에 정말 이례적인 일이었다. 어디선가 답사를 하는 학생이 한복을 입었던 모습이 너무 예뻤다며 선생님은 나에게 한복을 입자고 하셔서 졸업식 날 색이 고운 한복을 입고 단상에 섰다.

그런 선생님이 어릴 적 글을 곧잘 써서 상을 받던 나에게 공책 끝에 이렇게 적어 주신 기억이 난다. "채영이는 나중에 작가가 되어보렴." 글쓰기를 좋아하던 나는 그 말이 늘 마음 한쪽에 남아있었다. 혼자 늘 끄적이며 지금껏 글을 쓰는 힘은 아마도 6학년 담임이셨던 김옥경 선생님의 칭찬과 사랑이 아니었을까 싶다. 초등학교 선생님 이상 멋진 여성이었던 김옥경 선생님을 꼭 다시 뵙고 싶다. 선생님이 참 예뻐했던 채영이가 드디어 작가가 되었다고, 책을 안겨 드리며 말씀드리고 싶다.

열정과 최선을 아는 사이

동기부여강연가 숨코치 이수미

"고생이 많다."

우리 부부가 눈만 마주치면 등을 토닥이며 하는 말이다. 지난 2021년은 성장의 한 해였다. 남편은 10년 차 소방관이다. 조직에서 이루고 싶은 목표를 위해 9개월간 승진 공부에 매진했다. 부부의 성장은 한쪽이 희생해야 가능하다. 특히 6살, 5살 연년생으로 두 아이를 키우고 있는 우리 부부는 오롯이 한쪽이 육아와 살림을 맡아야 한다.

아침은 등원 전쟁이다. 옷 투정이 심한 시기라 일부러 잘 때 옷을 입힌다. 양말까지 세팅해야 다음 단계가 수월하다. 옷을 다 입히기 전에 잠이 깨지 않게 빛의 속도로, 그러나 자극적이지 않아야 성공할 수 있다. 옷을 입혔다고 준비가 끝난 게 아니다. 지하 주차장으로 가는 길도 수많은 미션이 남아 있다. 현관 앞에서 신발을 신지 않겠다고 하거나 한여름에 겨울 신발을 신겠다고 하면 비타민이나 젤리로 잘 구슬려야 하고 카시트에 앉지 않겠다. 앞자리에 앉겠다고 둘이 싸우면 진땀 한번 빼야 안전하게 차에 탑승할 수 있다.

폭풍 같은 등원 시간이 지나면 집을 정리하고 외부 강의를 하러 가거나 집에서 온라인 강의를 한다. 비교적 시간을 효율적으로 쓸 수 있지만, 일이 몰릴 때는 정신없이 바쁘다. 새벽 5시에 일어나서 시간을 확보해도 눈 깜짝하면 아이들 하원 할 시간이다. 놀이터에서 한참 놀고, 씻기고, 먹이고, 재우면 밤 10시다. 뭐 좀 해볼까? 하다가 나도 잔다.

9개월을 이 패턴으로 살다 보니 지쳤다. 억울했다. 그래서 라이프 코칭을 받았다. 잊고 있던 것을 깨달았다. 그동안 내가 받은 사랑이었다. 일하고 돌아왔을 때 아이들을 씻기고 식사를 준비해 놓고 야간 출근을 하던 신랑의 모습. 자유시간을 주면서 친구들과 맘 편히 놀고 오라며 배려해주던 모습. 석사 논문 쓸 때 혼자 두 아이를 데리고 주말마다 시댁, 친정에 다녀온 것. 매일 밤 막걸리 안주를 한가득 만들어 놓고 테이블 세팅까지 마무리해 놓은 아름다운 모습까지!

나는 잊고 있었다. 내가 일과 집안일. 육아를 도맡아 한다는 생각에 지쳐 있었고 보상심리까지 있다 보니 신랑의 얼굴만 보면 억울함을 표현하기에 바빴었다. 그런데 나도 그런 사랑을 받고 있었다니!

코칭을 받으면서 내가 신랑을 위해 해줄 수 있는 것은 무엇일까를 고민했다. 첫 번째는 '건강한 식사'. 두 번째는 '웃는 얼굴'. 세 번째는 '완벽한 지지'. 사실 첫 번째는 지키지 못하고 있지만. 두 번째와 세 번째는 늘 노력한다.

일과 가정의 양립으로 고군분투하던 지난여름. 내 생일에 신랑이 꽃다발에 적어준 카드가 눈에 밟힌다.
'생일 축하해요. 숨 대표님. 기회 줘서 고맙고. 다음 도전엔 내가 든든한 지원군이 될게요. -소나무 조현'
자. 이제 여보 차례야! 우리는 열정과 최선을 아는 사이잖아! (찡긋)

아버지의 선물

지혜로운 엄마이자 아내 양선주

아버지의 빈자리가 갈수록 켜졌다. 엄마는 혼자 남겨진 삶을 살아야 했으므로 우리의 마음을 보살필 여력이 없었다. 엄마의 슬픔이 더 컸던 터라 딸들의 마음이며 머릿속을 들여다볼 여유조차 없었을 것이다. 우린 우리의 삶을 스스로 선택해야만 했다. 경제적인 위안이 아니라 마음의 위안이 필요했지만. 우리 자매는 그냥 그렇게 약 20여 년을 흘려보내야 했다.

아버지의 선물이었을까? 아니면 운명이었을까? 기대감 없는 자리에서 너무나 좋아하고 보고 싶어 하는 사람을 만났다. 닮은 외모, 말투, 행동까지 돌아가신 아버지와 너무나 비슷한 남편을 만난 것이다. 비쩍 말라 건조해 보이는 외모에 말도 없고, 그저 선해 보이는 눈빛만이 나를 바라보고 있었다. 가끔 툭 던지는 말은 선한 말투 그 자체였다. 침묵이 길어지는 어색함을 싫어해서 혼자 조잘조잘, 해야 할 말과 하지 말아야 할 말을 생각 없이 하고 말았다. 그래도 묵묵히 아버지가 딸 바라보듯 나의 말에 경청해주는 모습이 좋았다. 누군가 내 이야길 이렇게 세세하게 들어 주었던가? 꽤 기분 좋은 시간이었다. 이 기분 좋은 기억을 떠올려 보려 애썼지만. 아버지가 돌아가신 후론 존재하지 않았던 시간이었다.

지금까지도 남편이 나를 바라보는 눈빛과 모습에서 아버지를 만날 수 있다. 난 아버지의 사랑에 목말라 있었다. 부모님이 해주지 못한 것을. 남편이 채워 주고 있다. 짜증과 불안이 많은 사람이다 보니 내 마음은 앙상한 나무처럼 뿌리까지 자주 흔들린다. 그 불안함이 아이들에게 이어지는 경우가 종종 있다. 이런 일들이 일어날 때마다 내 마음을 이해해주고 붙잡아 주는 사람도 남편이다. 방향성을 제시해주고, 주변의 바람에 흔들릴 때 잡아주는 유일한 사람이 남편이다.

너는 무엇이든 할 수 있다는 말을 늘 나에게 해주고 있다. 가끔 농담 섞인 말이지만 듣고 있으면 기분이 좋다. 엄마의 보살핌보다 아버지의 사랑이 더 컸던지라 남편의 다정한 말 한마디가 좋다. 돌아가신 아버지의 선물이라 여겼다. 더는 외로워하지 말고 슬퍼하지 말라는 선물 말이다. 엄마의 차가운 눈빛만 바라보던 내 삶에 친절한 키다리 아저씨가 나타난 것이다.

남편의 선한 영향력이 나에게 조금씩 전이 되는 게 느껴진다. 아이들에게 좀 더 친절한 엄마가 될 수 있는 에너지가 생기고, 나란 존재가 잘하는 게 있을까 하는. 그나마 조금씩 새살이 차오르는 것도 느껴진다. 모든 것에 무기력했던 나에게 조금씩이나마 자신감이 생기는 일들이 생기기 시작했다. 부적처럼 나에게 행운을 조금씩 가져다주고 있다. 늘 감사히 남편을 바라본다.

너는 그것보다 더 나은 사람이야

스피킹글리쉬 대표   김조은

결혼하기 불과 몇 개월 전. 나는 영국에서 곡을 쓰고 노래하고 있었다. 영국 대학교를 졸업하고 한국으로 돌아오자마자 바로 취업도 했다. 장밋빛 20대를 기대했건만 현실은 시궁창이었다. 신랑과 나 둘이서 모아 둔 돈이 천만 원이 안 되었다. 첫 신혼집은 마이너스 통장에 전세자금 대출까지 최대한도로 받아서 겨우 구한. 전용면적 35㎡짜리였다.

임신 사실을 알게 된 후로 재택근무에 돌입했다. '나'에 대해 알기도 전에 '엄마'가 되었고, 육아에 일까지 병행하며 하루하루가 전쟁터가 따로 없었다. 엄마로서의 페르소나가 버거웠다. 우울증은 심해져만 갔고, 자존감은 자취를 감췄다. 재택근무는 8년간 계속되었고, 나는 30대가 되었다.

"너는 그것보다 더 나은 사람이야."

일과 육아에 찌들어 지쳐있는 나에게 남편은 이렇게 이야기해 주곤 했다. 내가 하는 일보다 나는 훨씬 더 능력 있고 가치 있는 사람이라고… 나의 존재 가치를 알아보는 건 파란 눈의 영국인 남편뿐이었다. 그러나 자존감이 바닥이었던 내게는 들릴 리 만무했다. 주부에게 이보다 더 가성비 좋은 직업은 없다고 생각해 매일 아침 컴퓨터 앞에 앉았다.

그러던 중 2019년 코로나가 전 세계를 덮쳤다. 아이들의 등원이 들쑥날

쑥하고 남편마저 재택근무를 하게 되자, 집은 혼란의 연속이었다. 때는 이때다 싶었던 남편은 나에게 휴직할 것을 권했고, 그렇게 나는 등 떠밀려 계획하지 않던 휴직을 했다.

하루의 2/3를 차지하던 '업무'가 통째로 사라져 버리고 나니 발가벗은 느낌이었다. '워킹맘'을 핑계로 나의 존재 이유를 정당화하던 모습이 보였다. 불안함을 숨길 길이 없었다. '엄마'가 아닌, '30대의 나'로서의 나를 처음 마주하고 나니, 그간의 시간이 허무하게만 느껴졌다. 내가 참 나를 모르고 살았구나 싶었다.

다행히 약 1년여 만에 학생들의 일상이 정상화가 되면서, 아이들이 등원/등교해 있는 오전, 조금이나마 나의 시간이 생겼다. 하지만, 처음으로 나에게 오롯이 주어진 뭉텅이 시간을 어떻게 활용해야 할지 몰라 시간을 통째로 날리기 일쑤였다. 혼자만의 시간이 생기면 마냥 좋을 것만 같았는데, 오히려 불안했다. 하고 싶은 건 많은데 동동거리기만 하다가 정작 아무것도 제대로 한 것 없이 시간을 날리기도 했다. 하지만 시간이 흐르고, '나와의 시간'이 더해질수록 나와의 대화는 깊어졌고, 미래에 대한 그림이 뚜렷해졌다.

남편 덕분에 너무 늦지 않은 30대 초중반의 나이에 나를 마주했다. 어떤 모습의 '나'여도 항상 내 편이 되어 응원해 주고 지지해주는 남편이 있다. 앞으로 어떤 고비가 찾아오더라도 두려워하지 않고 앞으로 나아갈 수 있다. 어제의 나보다 나은 오늘의 내가 될 수 있게 지지해주는 남편에게 감사 인사를 전하고 싶다.

"고마워. 나를 더 나은 사람으로 살게 해 줘서."

봄햇살처럼!

국제인권기구 한국본부 인권홍보대사　우윤화

대한민국에서 태어나서 성장하고 평범한 가정을 꾸리고 사는 삼 남매를 둔 엄마이다. 그런 내가 삶을 대하는 태도를 바꾸게 된 계기가 있었다.

결혼 후 나는 남편과 아이들을 키우며 안락한 삶을 살고 있었다. 아이들 등원시키고, 아이들이 유치원에 있는 동안 운동하고, 운동 후 점심을 먹으며 수다 떨다가 아이들 하원 시간에 맞춰 데리러 간다. 아이들과 잠시 놀아 준 후 저녁을 먹이고 재우는 게 일과였다. 그런 반복적인 일상을 하는 나에게 남편이 책을 선물해줬다. 김미경 원장의 '꿈이 있는 아내는 늙지 않는다' 라는 책이었다. 이 책을 받아 든 순간 나는 쇠망치로 뒤통수를 얻어맞은 듯 정신이 아득해졌다. 제목만으로도 남편의 의도와 남편의 마음이 고스란히 느껴졌기 때문이다. 결혼 전에는 자기 계발 분야에서 활동하며 열정적으로 활동하던 내가 결혼 후, 마치 모든 것을 내려놓은 듯이 사는 모습에 남편은 안타깝기도 하고 자극도 주고 싶었을 것이다. 그게 남편의 의도였다면 적중했다. 그 후에 나는 다시 세상 밖으로 나오는 계기를 마련했고 다양한 도전을 시작했다. 그렇게 나에게 자극을 주고 삶의 태도를 바꾸게 해 준 사람은 바로 남편이다.

어느 날, 남편에게 한 통의 전화가 걸려 왔다. "처제가 죽을 것 같아." 도무지 믿어지지 않는 수화기 너머의 내용이었다. "뭐라고요? 무슨 소리에요?" 믿을 수도, 믿어지지도 않았지만, 불길한 예감이 온몸을 스산하게 만들었다. "처제가 목욕탕에서 쓰러졌다는데 심정지 상태야. 심폐소생술을 해서 심장은 뛰긴 하는데 의식이 없어."

　그게 마지막이었다. 멀쩡하던 동생은 목욕탕에서 쓰러진 후 심폐소생술로 3일을 버티다 가족들에게 한마디도 남기지 못하고 이별을 했다. 친정아버지와 시아버님이 돌아가셨을 때도 가족을 보내는 슬픔은 매우 컸다. 그러나 여동생의 죽음은 너무나 많은 생각과 변화를 가져왔다. 나 또한 하루아침에 가족들에게 한마디도 못 남기고 세상을 떠날 수 있고, 삶에 대한 막연한 여유가 어느 날 준비도 없이 마무리될 수 있겠다는 생각에 정신이 번쩍 뜨였다. 그리고 내일 죽을 것처럼 오늘을 살아야겠다는 생각을 하게 되었다.

　내일 나의 생을 마감한다고 해도 여한이 없을 만큼 나의 모든 에너지와 사랑을 할 수 있는 한 세상을 향해 다 쏟아내고 싶었다. 동생이 죽은 후 많은 고비를 겪으며 나는 새로운 삶을 살게 되었고 온전한 나의 삶을 살고 있다.

　남편을 만나 편안한 일상에 안주하며 제자리걸음을 걷고 있을 때 정신을 번쩍 깨워준 남편과 한마디도 남기지 못하고 가족들과 이별을 한 내 동생의 안타까운 죽음이 나의 삶에 엄청난 변화를 가져왔다. 나에게 큰 영향을 준 남편에게 고맙다. 지금은 볼 수 없는 내 동생이지만 동생의 몫까지 최선을 다해 내일 죽어도 여한이 없을 만큼 매일 매일을 살아낼 것이다.

　봄 햇살보다 더 환한 미소와 복숭앗빛보다 더 예쁜 얼굴로 교복을 입고 꿈에 찾아와준 동생에게 감사하다.

나의 삶을 풍요롭게 해주는 보물

아이들과 함께 하는 순간들이 가장 행복한 연년생 두 딸아이 엄마   서현자

　삶을 살아가면서 만나는 사람들이 얼마나 중요한지 알아가는 날들이다. 어릴 때는 삶의 전부라고 느껴졌던 부모님. 학창시절엔 친구. 직장생활을 할 때는 좋은 직장 동료가 나의 인생을 바꾼 사람들이다.

　결혼 후 내 인생을 바꾼 두 사람이 있다. 바로 사랑하는 두 딸이다. 부모가 되기 전에 몰랐던 나 자신의 새로운 모습을 발견하게 해주고 나를 돌아볼 수 있게 해주는 아이들이 있어서 참 감사하다. 나를 있는 그대로 인정해주고 온전한 사랑으로 대해 주는 두 딸을 보면 나 자신이 너무 행복한 사람이라는 생각이 든다.

　엄마가 되고 나서 난 아이들을 보물이라고 부른다. 보물 같은 아이들이어서 그렇게 불렀는데 부르면 부를수록 나의 삶의 보물 같은 아이들이라는 생각이 든다. 내가 엄마가 되지 못했으면 부모님을 제외하고 어디에서 나를 이렇게 온전하게 사랑해주는 존재가 있을까? 나의 부족한 모습까지도 사랑으로 바라봐 주는 우리 아이들에게 항상 감사함을 느낀다.

　아침에 일어나서 모닝 뽀뽀를 해주고 출근할 때 사랑의 쪽지를 써준다. 잠들기 전에 써주는 사랑의 편지는 나를 지치지 않게 해주는 비타민이 된 지 오래다. 내가 힘들 때마다 보는 비밀 상자에는 아이들이 생일과 어버이날에 써주는 그림과 편지들이 있다.

아이들이 커가는 것이 아쉬운 생각이 들 정도로 사랑스럽게 커 가는 모습을 보니 아이들이 어릴 때 온전하게 아이들의 사랑을 받아주지 못한 엄마라 미안하기도 했었다. 일이 바쁘다. 나에게 주어진 역할이 버겁다는 이유로 아이들에게 잘해주지 못해서 미안한 마음이 많이 들었다.

하지만 그런 나라서 아이들에게 조금이라도 좋은 부모가 되기 위해 노력하는 삶을 살 수 있었다고 생각한다. 나의 부족한 모습도 그대로 인정할 수 있도록 있는 그대로의 나도 괜찮다고 이야기해 주는 아이들이 있는 동안 내 삶이 더 풍성해질 거라 믿기 때문이다.

누군가가 나를 온전히 믿어주는 것이 어떤 것인지 알게 해준 아이들 때문에 일을 하며 만나는 사람들에게도 나의 이런 경험을 나눠 주고 싶다는 생각이 든다. 세상을 살아가는 것이 너무 힘들어 정리하고 싶은 그 순간에도 누군가가 나를 온전하게 믿어주는 한 사람이 있다면 어떤 삶이 나를 기다릴지 기대하는 삶이 될 것이다.

나를 닮은, 우리를 닮은, 더 빛나는 아이들

축복의 통로! 기쁨의통로! 할렐루야종♡   박혜정

내게 보화가 둘이나 찾아왔다. 엄마가 되는 준비는 처음도, 두 번째도 생각보다 고되었다. 세 끼를 거르는 법이 없는 내게 땅콩같이 생긴 생명은 밥 먹는 시간이 힘들 수 있다는 것을 8개월 내내 알려줬다. 두 번의 입덧 속에서도 아이들은 무럭무럭 자라서 내게 왔다. 아이들의 탄생은 기적이었다.

누군가를 전적으로 책임진다는 것은 긴장의 연속이었다. 먹이고, 재우고, 씻기고, 어느 것 하나 쉽지 않았고, 특히 세상의 모든 소리를 다 들으면서 눈만 감으면 우는 아이는 내 안의 다른 나를 불렀다. 그때 우리는 서로를 맞추기가 버거웠다. 소리에 예민한 아이를 키우니 세상과는 단절되는 것 같았고 늙어 간다고 생각했다. 이렇게 딱 1년 힘들었다.

영특한 아이는 내게 육아 동무였다. 뱃속에 둘째를 같이 키우기 시작했다. 둘째 아이의 태교는 웃음이었다. 똘똘한 공주와 노는 시간 동안 나는 매 순간 감격을 했고 반응하며 웃었다. 가르치는 것을 좋아하는 내가 살아나기 시작했다. 아이가 태어나서도 도움이 필요한 순간 함께해주었다. 그 덕택에 준혁이는 세상에서 가장 예쁘게 웃는 아이가 되었다. 준혁이가 자라는 과정에서 아이들은 다를 수 있다는 것을 알았다. 예지가 돌 때까지 나의 정신을 빼놓았다면 준혁이는 소리 없이 강했다. 조용히 하고 싶은 것을 다 하고 있었다. 의지의 아이였다. 가고 싶은 곳에 가 있고, 오르고 싶은 곳에 올라가 있고, 먹고 싶은 것을 먹었다. 겁 없는 아이는 천하무적이었다.

두 아이와 함께 하는 삶을 살면서 원 가족도, 신랑도, 다 나를 맞춰주었다는 것을 모든 순간 느꼈다. 배운 대로 아이에게 맞추기 시작했다. 또 세상에는 얼마나 다른 아이가 있을까? 남매가 이렇게 다른데 다른 환경에서 나고 자란 사람들은 얼마나 다를까? 세상을 조금 더 이해하게 되었고, 사람들을 대하는 나의 시각은 달라졌다. 또 육아하는 다른 엄마들을 지지하고 응원하게 되었다.

예지도 준혁이도 처음 읽은 글자는 '꽃'이었다. 자연을 사랑하는 아이들은 감사와 감격을 할 줄 아는 아이로 자랐다. 어느 날 공주가 내 손을 잡더니 "사랑해"라고 쓰고 웃어주더라. 양가 부모님들과 가족들에게 받은 사랑을 동생에게 모든 순간 나누며 살아냈다. 준혁인 다시 그 사랑을 받아서 친구들을 배려하는 아이로 자랐다. 아이들은 주체로 자라기 시작했다. 그러다 아이가 "NO!"라고 했다. 아이가 친구를 찾았고 자신의 목소리를 내기 시작했다. 아이의 사회생활이 시작되었고, 아이는 그 안에서 자랐고 난 아이 친구의 엄마들을 통해 또 배우고 자라기 시작했다. 아이에게 한 걸음 물러서는 법을 배웠다. 아이는 내가 생각했던 것보다 강했고 예뻤다. 그래서 누구와 있어도 사랑받는다. 코로나 19로 힘든 시기에 사춘기가 왔지만, 아이와 난 조율했고 지금은 아이에게 친구가 되었다.

이 아이들과 함께 하는 나는 여전히 매일 감격하고, 매일 화를 내면서 조금씩 변하고 있다. 고집 센 나를 더 겸손하게 하고 있다. 가장 놀라운 사실은 아이들이 나를 맞춰주었다는 것을 이 글을 쓰기 시작할 때 알게 되었다는 것이다. 나는 아이들에게 사랑을 계속 배우고 있다.

나를 향해 걸어가는 발걸음…
좋다, 그냥 좋다

한걸음의 소중한 가치, 하마 엄마   유경민

혼자 책 주제를 되뇌어본다. "내 인생을 바꾼 사람들이라…. 누굴 쓰지?"
초등학교 5학년 큰딸이 지나가다 말한다.
"엄마~! 엄마 써~ 자기를 바꿀 수 있는 건 자기 자신밖에 없어."
오~라는 감탄사와 함께 역시 내 딸이라는 생각이 들었다.

바람이 전해주는 수많은 의미 속에 난. 지금 여기의 삶을 산다. 삶이란 길
위에서 바람은 나의 친구가 되어주었고 말없이 곁을 내어주는 여운이었고
나를 넘어뜨리는 사나운 폭풍과도 같았다. 사무치는 그리움에, 미안함에 바
람의 작은 몸짓 하나에도 흔들리고 넘어지고 주저앉았다. 다시는 일어나지
못할 것 같은 절망 같은 고통에 처절하게 몸부림쳤고 눈뜨는 것조차 두려움
으로 다가왔던 적도 있었다. 어둠이 깔린 짙은 안개 속을 헤매고 또 헤맸다.
그리고 그 속엔 희망을 꿈꾸게 하는 수많은 인연이 있었고 내가 있었다.

"여행이든 뭐든 나중에 하려 하지 말고 가족과 함께 지금 좋은 추억 쌓으
며 살아."
"야~ 네가 어때서~ 어깨 펴고 가슴 펴고 사는 거야."
"건강 챙겨요. 대장내시경도 하고 운동도 하고."
"내 친구지만 넌 대단해."
"엄마한테는 배울 게 많아~ 우리 엄마 멋져!"

"아이들은 행복한 거야~ 자기처럼 좋은 엄마 만나서. 우리 와이프만 한 사람이 없어."

우연히 만난 구수한 할머니. 지금 어딘가에서 잘 살아가고 있을 선배. 이웃 아주머니. 친구의 목소리가 따뜻함으로 감싼다. 내가 준 것보다 더 큰 사랑과 희망을 주는 아이들의 고마운 목소리가. 언제나 묵묵히 내 곁을 지켜주는 신랑의 목소리가. 든든함으로 다가온다.

"우리 막내 보고 싶네⋯. 미안하다. 좌우간 너한테는 미안해. 너한테 증말로 미안해⋯. 우리 막내딸 사랑한다."

수화기 너머 아빠에게서 처음으로 들어본 말의 흔들림이 지난날에 대한 눈물로 다가온다. 때론 음악에서, 때론 자연에서, 때론 책에서⋯. 오래도록 마음을 머물게 하는 새로운 가능성이 열린다.

나를 향한 크고 작은 희망의 소리가 노래하며 춤을 춘다. 질책하고 움츠리고 초라하게 만드는 목소리가 그림자를 드리운다. 나에게 상처를 준 사람들 속에서 나를 보려 했던 내가 가슴 깊은 곳에서 울린다. 끊임없이 들려오는 목소리 속에 무엇에 귀 기울일지는 오로지 내가 나에게 들려주는 나의 이야기뿐이다. 참 자아의 소리가 부드러움으로 선명해질수록 수많은 고마움이 느껴진다. 그 마음은 나의 삶에 일부가 되어 찬란한 빛이 된다.

나 또한 누군가에게 알게 모르게 따뜻한 미소와 함께 진심 어린 손길을 낸 적도 있을 것이다. 그렇게 우리는 서로가 서로에게 작은 변화를 주고받으며 그 변화의 중심엔 언제나 내가 서 있다.

흔들려도 괜찮다. 쓰러져도 괜찮다. 실수해도 괜찮다. 부족해도 괜찮다. 중요한 건 그것이 디딤돌이 되어 내가 지금 여기에 있다는 것이다. 나의 존재만으로도 부족함이 아닌 완벽인 것이다. 내가 나를 잘 돌봐주고 안아줄 수 있을 때 엄마, 아내, 딸, 친구, 동료 등 또 다른 나의 이름도 잘 해낼 수 있을 것이다.

내가 보인다. 나를 품어주는 나의 손길이 느껴진다. 나를 바라보는 나의 시선이 미소를 보낸다.

"경민아~ 안녕?"
"오늘도 좋은 하루! 사랑해!"
나의 가치 있는 삶의 여정은 언제나 지금 여기에서 시작이다.
나를 향해 걸어가는 발걸음이 좋다. 그냥 좋다.

찬란하게 빛나는 래 & 강에게

한걸음의 소중한 가치, 하마 엄마   유경민

   엄마의 도전을 따뜻한 햇살을 머금듯 반기며 응원해주고 부족한 엄마를 열렬히 사랑해주고 아껴주는 래아~ 강아~

   너희에게 부끄러운 엄마가 되지 않기 위해. 너희들의 마음 근육을 위한 게 무엇인지 끊임없는 질문 속에 나를 돌아보고 고뇌하며 엄마가 겪은 슬픔. 아픔을 통해 적어도 내 아이들에게만큼은 대물림하고 싶지 않아 고군분투하며 보내는 시간은 유경민이라는 이름을 찾게 했단다. 엄마라는 이름 앞에 답을 찾는 과정은 엄마를 성숙하게 했고 엄마의 삶에 따뜻한 인사를 나눌 수 있게 했지. 때론 어리석어 감정적으로 변하고 뒤돌아 아파하며 너희들이 혹시나 세상 가운데 움츠러들까 두려워하는 엄마에게 "엄마~ 엄마도 그럴 수 있는 거야. 우린 그런다고 절대 기죽지 않아!"라며 당당하게 말하는 너희들은 사랑이란다.

   너희만의 삶을 너희만의 방식으로 잘 살아가고 있는 내 딸들아…. 기억하렴. 살아가면서 부딪치고, 좌절하고, 아파하고, 두려워하게 될 시간과 마주하게 된다면 엄마는 안아주며 자신 있게 말해줄 수 있단다. 괜찮다고. 여기까지 잘해왔고 다시 하면 된다고. 그럴 수도 있고 너무 힘들면 쉬어가도 된다고. 결과에 대한 두려움에 아무것도 하지 않은 것보다 무언가 해봤다는 것이 용기이며. 그건 너희들에게 또 다른 힘이 되고. 때론 두려움이라는 화산과 부딪쳐보면 실상 그리 두려운 게 아니라고. 그런 과정의 의미를 아는 너희들은 어디서나 빛나고 있지.

　가족이 둘러앉아 따뜻한 밥 한 끼에 이야기꽃을 피우며 함께 공원을 산책하며 함께 자전거를 타며 함께 도서관에서 책을 읽는 것만으로도 감사해하며 '함께함'의 의미와 일상의 소중함을 아는 너희들은 엄마가 그럴 수 있게 알려줬다고 말하지. 엄마는 등불이고 롤모델이라고. 엄마는 그럼 다시 또 힘을 내지. 엄마는 너희가 있기에 웃을 수 있고 너희가 있기에 무언가를 해볼 용기를 내지.

　오늘이라는 시간을 그냥 흘려보내기보다 채워가는 기특하고 고마운 내 딸들아… 너희 존재는 그 자체만으로 축복이고 기쁨이고 행복이란다. 가장 소중한 건 자기 자신이라는 거 알지? 잘했을 땐 칭찬해주고 못 했을 땐 따뜻하게 안아주며 아주 작은 것이어도 괜찮으니 너희만의 방식으로 너희 자신과 따뜻한 악수를 나눌 수 있는 것을 하렴. 그럼 되는 거야.

　오늘은 한자시험 보고 오는 길에 무얼 할까? 차 안에서 신나게 노래를 불러볼까? 아니면 야경을 보며 이야기를 나누어 볼까? 아니면 편의점에서 삼각김밥 사 와서 먹을까? 아니면 보드게임 한판?

　다시 태어나도 엄마의 딸로 태어나고 싶다는 내 딸들아… 엄마의 딸로 태어나줘서 고맙다. 사랑한다. 너희는 최고야!

즐거운 삶을 살게 해주신 스승님

오색그림책발전소 & 미래평생교육원 대표   이은미

눈부시게 아름다운 글을 쓰고 싶다는 꿈을 늘 간직해 왔다. 하지만 소녀에서 엄마가 되면서 그 꿈은 마음 어딘가에서 빛을 잃어갔다. 세상을 살아가며 해야 할 것은 많은데. 막상 내가 하고 싶은 것을 하기란 말처럼 쉽지 않았다는 것을 어른이 되어가는 시간 속에서 알게 되었다. 맑은 물이 흐르는 소리에도 기분이 좋았던 그 시절. 그때는 가느다란 손가락으로 기타 선율을 연주하는 모습만 봐도 멋져 보였던 순수했던 젊은 날이었다. 사랑스러운 소녀의 모습으로 기억하고 싶은 순간이다.

친구들의 연애편지를 잘 써주던 아이. 사랑 이야기의 노래를 들으며 가슴 저미는 낭만을 꿈꿨던 소녀는 너무 빨리 가족이라는 울타리를 만들고 자신을 잊고 살아가게 되었다. 그리고 조금씩 누구의 엄마. 누구의 아내. 누구의 며느리. 누구의 딸로 세상과 씨름하는 아줌마가 되어 갔다. 가족 안에서 책임감 있는 존재로 현명한 아내. 용감한 엄마. 잘 살아내야 하는 딸. 여우같은 며느리로 평범하게 현모양처로 지내야 했다. 마음만은 소녀. 하지만 밝은 얼굴의 가면을 쓰고 있는 여자 아줌마. 이은미로 말이다. 누구의 엄마로 살면서 잊고 지낸 이름이다.

한참 힘든 IMF 시기에 큰아이가 태어났고. 그 무렵 시댁에 들어가 살게 되었다. 그때는 너무 힘들다는 말도 할 수 없을 정도로 막혀있는 터널을 걷는 것 같은 마음이었다. 그래도 해맑게 웃는 딸아이가 있어 너무 행복했고. 덕분에 사랑하며 살아갈 힘이 생겼다. 하지만 아픈 둘째가 태어나면서 모든 상황이 바뀌었고 병원비와 생활비가 감당하기 힘들어 점점 수렁 속으로 빠져들어 갔다. 난 일을 시작했고 앞만 보고 살았다. 내 모든 걸 걸어서라도 아이들을 지켜야 했고 무엇이든 다 해주고 싶다는 생각뿐이었다. 생각해 보면 내 안에 내가 없는 시절이었다.

그럼에도 아이들이 커가면서 일은 자리를 잡아가고, 조금씩 욕심이 생기고 조금씩 용기가 생겼다. 잘 살아낸 내가 대견하기도 했고, 무엇인가 새로운 일을 찾고 싶다는 생각과 동시에 꿈이라는 새로운 길이 보였다. 막연한 꿈에 누군가의 도움이 간절히 필요했고 진로를 다시 설계하기 위해 대진대학교 교수님을 찾아갔다. 그때 난 기회는 기다리는 게 아니라 잡는 것이라 생각했다. 동아줄을 잡듯 교수님의 손을 잡고 함께 길을 걸으리라 다짐하며 또 다른 세상에 들어갔다. 그 세상에서 '이루리 작가님'의 작품을 처음 보았고, 머리와 심장에서 무엇인가 쿵 하고 두드리는 울림을 느꼈다. 북극곰 출판사 이루리라는 사람을 찾아가야 하나? 생각만 할 뿐 현실은 스치는 인연으로 끝나 버렸다.

하지만 작가님이 말씀해 주신 단 한마디. "하고 싶은 일을 하세요. 꿈을 꾸면 이루어집니다. 그리고 하고 싶은 그림을 그리세요." 왜일까? 살아오면서 수도 없이 들었던 말이고, 책 속에 한 번쯤 나올만한 말인데 유독 작가님이 해준 그 말씀이 심장을 떨리게 만들고 그림책을 깊이 볼 수 있게 만들어 주었다. 그리고 2년 뒤 정말 꿈은 현실로 이루어졌다. 바로 작가님의 수업을 직접 듣게 되었던 것이다. 매주 차로 왕복 세 시간 이상을 오가며 그림책 공부를 했고, 그림책 만들기 과정이 있다는 사실을 함께 공부한 선생님께 듣게 되었다. 도전이라는 낯선 환경이 시작이라는 희망을 전해 주었다.

하지만 전혀 해보지 못한 새로운 것을 한다는 것은 쉽지 않다. 더욱이 다른 지역 전혀 다른 환경에서 적지 않은 나이로 두려움을 가질 수밖에 없는 상황들이 그 무게감을 더 했을 것이다. 그때 내 귀에 작가님의 말씀이 들려왔다. "은미 선생님은 준비가 되어 있습니다. 두려워하지 마세요. 이미 다 해내셨고 잘하고 계십니다.". "선생님이 하고 싶은 거 해보세요. 도움이 필요하면 언제든지 도와 드릴게요." 그 어떤 위로의 말보다 큰 희망의 빛이 되어 주었고, 어두운 터널을 빠져나온 느낌이었다. 천천히 지금 가는 길을 잘 걸어 나가면 된다는 이루리 작가님의 말씀이 나의 머리와 심장에 그대로 새겨졌다. 내 나이 마흔여섯에 모든 역사가 바뀌는 순간이었다.

그쯤 낯선 서울에서 더 낯선 출판시장에서 아무것도 모르는 시골 아줌마로 평범하게 직장생활을 하며 강사라는 직업을 알아가기 시작했다. 조금씩 세상 밖으로 한 발 걸어 나온 작은 새의 날갯짓처럼 말이다. 첫 초년생의 두려움과 설렘처럼 시작에 대한 초조함과 막연함에 이루리 작가님은 용기와 희망을 주셨다. 그림책 작가라는 꿈을 꾸게 해주셨다. 글 작가에 대한 희망도 주셨다. 무엇보다 나로 살아갈 수 있는 힘을 주시고, 내 안에 나의 자원을 찾아 선한 영향력으로 쓸모 있는 사람이라는 생각을 할 수 있게 만들어 주셨다.

그동안 어린이도서연구회에 들어가 활동한 지 15년이 되도록 그림책의 깊이를 알지 못했던 시간이 아쉬웠던 나였다. 하지만 작가님은 그 시간 속에 누적되어 있던 잠재력과 숨어있던 나의 자원을 고스란히 살아나올 수 있게끔 만들어 주셨다. 이론으로 알던 그림책의 역사도 삶으로 풀어내는 이야기와 그림책으로 연결되는 많은 콘텐츠를 연구하고 개발할 힘을 주셨다. 또한. 웹툰 작가를 꿈꾸는 아들의 스승이 되어 주시고 천천히 하고 싶은 일을 할 수 있도록 기다림의 미학을 알려 주셨다. 그로 인해 난 꿈을 만들어가는 시간의 지혜로움을 스스로 만들어 갈 수 있는 생각 주머니도 생겼다.

　작가이기 이전에 나로 살아내는 지혜가 생겼다. 그림책으로 내면의 이야기를 삶으로 이어질 수 있게 만들고, 그림책을 깊이 있게 보고 느끼는 공감 능력이 생겼다. 그림책은 결국 나를 살리고 나의 인생을 즐겁게 하는 친구이며 동반자가 되어 주었다. 제2의 인생을 만들 기회가 되기도 했다. 멈추지 않는 시간 속에 나의 시간과 노력을 투자했고. 꾸준한 연구와 생각들이 결국 지금의 오색발전소를 탄생시켰다. 그 안에서 많은 사람의 사랑과 관심을 받으며 학습자들에게 희망의 빛을 받아 잔잔하게 빛나고 있는 윤슬 이은미가 존재하고 있었다. 누구의 엄마도. 아내도. 딸도 아닌 오롯이 나. 이은미라는 꿈꾸는 여자로 당당하게 자리 잡아 나갔다.

　언제나 늘 푸른 소나무처럼 사시사철 변함없는 모습으로 위로와 용기가 필요한 누군가에게 힘과 희망이 되길 바라본다. 지친 삶의 일부도 우리가 살아가는 세상의 일부이듯. 행복한 웃음이 함께 공존할 수 있는 시간 속에 그림책과 함께 즐거운 삶의 여행을 하고 싶다. 숨 쉬는 모든 것들이 아름답게 살아 있는 이 순간을 우리가 움직이며 느끼는 감정들 속에 노래하듯 즐겁게 만들어 보고 싶다.

퇴색하지 않는 순수한 감정과 마음으로 사랑을 느끼는 소녀처럼. 그리고 이루리 작가님의 순수한 사랑처럼 사랑스러운 여인 이은미로 그림책과 함께 남은 시간을 반짝이는 빛처럼 환하게 만들어 보려 한다.

엄마는 나의 봄

고유한 빛을 깨우는 샐리코치 김소영

엄마의 품은 지금까지 내가 느낀 어느 봄보다 따스하다. 특히 어린 시절 나에게는 세상 전부였던 엄마. 엄마를 생각하면 다양한 감정이 명치끝에서 툭 하고 올라온다.

엄마가 된다는 것은 무엇일까?

엄마는 말했다. "엄마는 너를 낳고 세상을 다 가진 듯했어. 무엇이든 해낼 수 있을 것 같은 마음이 들더라. 엄마가 되는 건 위대한 일이야. 자신감이 생기는 일이지."

어릴 땐 이해되지 않았지만 이젠 조금 알 것 같다. 말로 형용할 수 없는 연결을 느끼는 것. 조건 없는 사랑이 흐르는 관계. 그 안에서 나에 대한 사랑 또한 더욱 커지는 것일까?

2년 전. 나의 봄이 흔들렸다. 내가 결혼하고 처음 맞이하는 봄. 엄마가 암 수술을 앞두고 있는 걸 알게 되었다. 엄마와 가족들은 마음 여린 내가 놀랄 것이 걱정되어 수술 전까지 내게 사실을 숨겼다. 더 속상한 건 딸의 결혼 전부터 엄마는 당신의 몸 상태를 점차 알게 되었지만. 딸이 신경 쓰지 않게 하려고 말하지 않았던 것이다. 매일 내게 미소 짓던 얼굴 뒤 혼자 감당해야 했던 무게를 나는 감히 헤아릴 수 없지만. 생각만 해도 저릿하다.

그 소식은 숨을 쉬지 못하게 했고, 나는 아무것도 할 수 없었다. 매일 출퇴근길에 눈물이 흐르고 물을 마시다가도 눈물을 삼켰다. 하지만 엄마 앞에서 단 한 번도 눈물을 보이지 않았던 사람은, 그 누구도 아닌 나였다. 엄마가 수술하고 회복하는 과정에서 나는 내 안의 힘을 발견했다. 나조차 놀란 나의 강인함은 어쩌면 엄마가 준 선물일지도 모르겠다. 잘 회복해준 엄마에게 정말 고맙다.

엄마는 내게 봄이다. 사계절 중 내게 가장 큰 활력을 주는 봄. 생각만으로도 살아갈 희망이 되는 계절. 봄 햇살 뒤엔 겨울을 덤덤히 받아들이고 겪어낸 시간이 있다. 여리지만 강한 엄마의 딸로 태어나 세상을 여행할 수 있음에 감사하다.

요즘 부쩍 기운이 없는 엄마를 본다. 건강 챙기라는 잔소리보다 사랑한다는 표현을 더 아낌없이 해야지…. 저 멀리서 엄마를 보기만 해도 봄이 시작되는 것 같다. 엄마의 머리카락, 얼굴, 어깨, 팔, 배, 다리, 발, 어느 곳 하나 빠짐없이 귀여움이 묻어있다. 사랑해요, 엄마.

내가 훗날 엄마가 된다면, 누군가의 봄이 된다면 나의 엄마처럼 할 수 있을까? 내가 나중에 다시 태어난다면 엄마의 딸이 아닌 엄마가 되어주고 싶다. 세상에서 가장 존경하는 나의 자랑스러운 엄마. 나의 엄마로 존재해주셔서 감사합니다. 앞으로도 사랑하며, 여행하며 살아가요. 사랑합니다.

영원한 나의 봄, 나의 엄마.

아이가 배우면 나도 함께 배웠다

놀이를 사랑하는 놀이메신저   이진숙

지한이가 8개월 되었을 때 프뢰벨 영업사원이 집에 방문했다.

"지한이랑 책 활용 잘하고 계세요?"

"네. 책은 잘 읽어주고 있어요."

"지침서를 보며 아이들과 놀아주는 엄마가 있더라고요."

"네? 책을 읽고 놀아준다고요?"

어린 시절 시골에서 맘껏 놀았던 나의 놀이 본능이 깨어나는 계기가 되어 엄마표 놀이는 그렇게 시작되었다. 아이의 눈은 반짝반짝 빛나게 되었고, 재료들을 탐색하고 만져보며 관찰하는 오감 놀이는 나를 더 움직이게 했다.

"또 해요! 또 해요! 재밌어요!" 어린아이가 놀이에 빠져서 하는 이 말이 그렇게 좋을 수가 없었다. 아이의 적극적인 자세가 나를 미소 짓게 하고 열정을 활활 타오르게 했다. 놀이에 푹 빠져 있던 시기에는 모든 것이 놀이 재료가 되었다. 길가에 돌, 나뭇잎은 개미와 공작새로 변신했고, 점박이가 된 바나나 껍질은 무늬가 있는 기린으로 바뀌었다. 이런 생각은 아이와 함께한 놀이 시간이 만들어주었다.

열심히 놀아준 결과일까? 베이비 잡지 촬영도 하게 되고 엄마표 미술놀이, 가베도 블로그에서 인기를 얻었다. 새로운 시작을 어려워하는 자신감 부족한 내가 50%만 준비되어도 용기 내서 도전하고 있었다.

아이가 커가면서 배우고 싶어 하는 것은 나도 함께 배웠다. 특별한 이유가 있었던 것은 아니지만. 아이가 물어보았을 때 대답해주고 싶어서였던 것 같다. 배우다 보니 더 공부하게 되어 우쿨렐레 1급 자격증. 독서지도사 자격증. 중국 자유여행을 꿈꾸며 배운 중국어. 역사를 배우며 답사를 나가면서 생긴 관심으로 해설사 직업을 갖게 되었다. 놀이. 교구를 사랑하는 나는 보드게임 강사도 되어 두 가지의 직업을 갖고 현재 아주 즐겁게 아이들과 수업 중이다.

언제나 새로운 것도 두려움 없이 도전하는 아이.
현재를 즐기며 결과를 모르는 길도 가고 있는 아이.
그 길이 험난하고 어려움이 많을 거라는 걸 알면서도 가는 아이.
축구 선수가 꿈인 아이.
17살 아이를 보며 44살 엄마도 힘을 내본다.

순간순간 나를 성장시켜준 너의 엄마가 된 것이 자랑스럽다.
그리고 아들의 꿈을 응원한다.

내 인생을 바꾼 내 가족

서울 신림동에 사는 부자이모   조혜숙

결혼하고 13년 만에 나에게 찾아온 딸내미. 23살에 결혼해서 직장 생활을 하던 27살에 아이가 생겼다. 그때 신랑이 집 장만이라도 해서 아이를 가지자고 하며 수술을 강요했다. 그것이 나의 큰 실수였다. 일에만 몰두하고 지내며 이제는 아이를 가져야겠다고 생각을 하고 피임약을 버렸다. 1년이 지나도 아이가 생기지 않아서 병원을 찾았을 때는 청천벽력과 같은 소리를 듣게 되었다.

나팔관 양쪽이 다 막혀서 아이를 가질 수 없다고 의사 선생님께서 말씀하셨다. 중절 수술을 하고 난 뒤에 피임약을 계속 먹은 것이 잘못된 것이라고 하셨다. 3년이 지나도록 아이가 생기지 않았다. 그러던 중 신설동 마리아병원에 찾게 되었는데 선생님께서 시험관 아기를 가지라는 권유를 하셨다. 그때부터 세 번이나 실패했다. 과배란 주사 맞기가 너무 힘들었다. 엉덩이에 주사를 너무 많이 맞아서 맞을 곳이 없었다.

그러다 네 번째에 성공해서 온 천하를 얻은 기분이 들었다. 하나만으로 행복하고 충분하다는 생각에 딸내미 하나로 만족했는데. 지금 생각해 보니 후회가 된다. 형제가 한 명 더 있었으면 얼마나 좋았을까 생각이 든다. 36살에 딸내미를 만났으니 얼마나 행복하고 기쁘던지 보여주고 싶은 곳도 많고, 데리고 다니고 싶은 곳도 많았다. 유모차 뒷바퀴가 망가질 정도로 구경을 하며 서울대학교에 갔을 때는 '여기가 네가 다닐 대학교란다.'라고 말하기도 했다.

아이를 낳고 나니 세상이 달리 보였다. 내가 진정한 어른이 되는 것 같았다. 다른 아이를 볼 때도 사랑과 애틋함도 생기고 진정한 사람으로 성장시킨 것 같았다. 엄마 아빠 마음고생을 시키지 않은 편이었는데 사춘기가 되어서 아빠의 잘못으로 인해 아빠에게 못마땅한 점을 들이대며 갈등을 일으켰고, 엄마는 왜 이혼하지 않느냐며 대들기도 했다.

신랑이 마음고생을 시키기 시작한다. 워낙 성격이 다혈질인 데다 한 가지 대형사고를 치고 말았다. 잘못을 인정하지 않으니 감당하기에는 버거웠다. 이혼하려니 딸내미 때문에 이혼할 수도 없고 도피처로 찾은 것이 보험 회사였다. 입사하게 되어 재미있게 일에 몰두하다 보니 남편과 불화는 조금 극복할 수 있었다. 그때부터 현재까지 15년이란 세월이 흘렀다. 부모님이 하신 말씀이 세월이 약이라더니 어쩜 그렇게 명언을 하시다니. 그 당시 보험 회사 적응할만할 때 또 사이버 대학에 진학해서 4년을 재미있고 활기찬 생활을 하며 조금은 신랑에게 소홀히 하며 세월이 흘러갔다.

신랑과 티격태격하며 살다 보니 60살이 훌쩍 넘어버렸다. 예전에는 남편의 잘못이라고 여겼던 것들이 나에게도 부족한 부분이 많은 것을 알게 되었다. 남편은 아무리 술을 먹어도 아침 5시에는 꼭 일어난다. 남편보다 난 아침잠이 많아 아침 일찍 일어나는 건 무척 힘들다. 남편은 깔끔한 편이라 정리 정돈을 잘한다. 난 버리기 싫어하고 정리를 하려 하면 오른쪽에서 왼쪽으로 옮기기 일쑤다. 2년 전에는 내가 오른쪽 무릎이 연골파열이 되어 다리 수술을 했을 땐 3개월 동안 집에서 아무것도 할 수 없었다. 그때 신랑이 주부라 자청하며 아침 점심 저녁을 챙기고 집안일을 깔끔하게 정리를 하는 걸보고 '나와는 다른 사람이구나.'라고 생각했다. 지금은 이해하려 노력하는 중이다. 그렇지만 아직도 소통은 잘 안 된다.

　나는 끊임없이 도전하고 배우는 중이다. 이제는 백세시대. 재수 없으면 120살을 산다고 하는데 그냥 이대로 세월 가기만 기다리긴 시간이 아깝다는 생각에 나는 살아 있을 때까진 배울 것 같다. 그래도 이렇게 배울 수 있는 건 신랑이 나에게 자극을 주었기 때문에 배움으로 마음을 달랬던 갔다. 지금 생각해 보니 고마운 신랑이라는 생각이 든다. 요즘은 내가 친절한 사람으로 변해서 알콩달콩 사이좋게 잘 살아가고 있다. 여보. 고마워요. 사랑해요. ^^

준비되어있던 삶

행운정원대표 힐링웃음코칭강사   유유정

　최근 어느 날 꽃과 음악이 있는 당현천을 걸으며 나를 나에게 소개해본 적이 있다. 나의 이름은 유유정. 현재의 직업은 시니어 힐링 강사로 코로나 19가 발생하기 전까지는 아주 잘 나가던 시니어 힐링 강사로 활약을 했었다. 어디를 가든 한 번 시연을 하게 되면 그 기관은 놓치지 않고 꼭 섭외가 들어왔다. 강사직업을 공부할 때만 해도 내가 이런 강사를 할 것이라고는 예상을 하지 않았다. 만약 강사를 한다면 기업강의 심리상담사를 항상 꿈꾸며 책을 보며 꾸준히 공부만 하며 막연하게 살아왔다. 현업과 공부를 습관 삼아 해 왔다. 자그마한 제조업을 운영 하면서 만학도로서 대학을 졸업하고 지속적인 공부를 한다. 각종 자격증이 증명해준다. 아마도 공부를 좋아해서 즐기기 위해 했다고 해도 과언은 아니다. 이렇게 공부한 내용을 나누고 전해주고 싶은 마음이 문득 들게 되었다. 하지만 나눔을 주고 싶은 대상자를 찾는 것도 막연했던 시기였다.

　제조업을 남편에게 맡기게 되면서 손녀딸을 돌봐 달라는 부탁으로 기꺼이 나의 생활이 바뀌게 되면서 자투리 시간을 이용해 공부를 또 한다. 고려대학교 평생교육원에 입학했다. 그곳은 시니어 강사를 배출해내는 곳으로 노래와 장끼. 웃음 치료. 힐링 등 시니어를 위한 교육 등이 다양하게 있는 곳이다. 그러던 어느 날. 나를 강사로 섭외를 하겠다는 평생교육원 측 센터장님에게서 연락이 왔다. 나에게는 준비가 되어 있었는지 동대문구에서 운영하는 복지관 강의를 하게 되는데 떨지도 않고 척척 잘 해내고 있다.

이건 뭐지? 혼자 나에게 놀라면서 막히지 않고 술술 하고 싶은 이야기를 풀어내고 있으며 그동안 배운 심리학 공부와 책 읽기로 나의 머리가 승화가 되었을까? 라는 생각도 든다. 재치 있는 율동과 손 유희도 가요에 맞추어 잘하고 있다. 내가 나를 신기하게 한다. 재미있었다. 어르신들도 너무 좋아하시고 행복해하시며 무엇보다도 나의 이야기를 들으시며 연신 고개를 끄덕끄덕하시는 모습에 자신감을 얻게 된다. "아하~" 나에게 이러한 재주가 있었나?

그러면서 그리 어렵지 않게 무대를 섭렵하고 주일에 한 번씩 방문하여 어르신들의 즐거움으로 엔도르핀 생성을 하는 힐링 타임을 맡게 되면서 나는 웃음치료강사로 직업을 전환하게 된다. 나에게 힘과 꿈을 준 우리 손녀 손자. 아침저녁으로 그들을 돌봐야 하는 나의 어려움. 어린 내 마음은 몰라라 할 수가 없기에 난 그냥 즐기기로 했다. 아침저녁으로 아가들을 돌보며 '내가 잘하고 잘할 수 있는 강의를 하며 살자.'라고 다짐을 한다. 열심히 살아온 오늘날의 나 유유정은 힐링강사이다. 이젠 나에게 꿈과 목표가 생기고 있다. 그동안 좋아하고 연마 하며 준비된 삶을 살아온 덕이 아닌가 싶다.

꿈과 목표에는 큰 장애물이라도 문제를 가장 소중한 힘으로 바꾸어 그들과 함께 나를 키워 가기로 했다. 문제에서 승화로 바꾸어 나에게 성장으로 귀한 선물을 한 모두에게 감사를 전한다. 나이가 들면서 혼자라고 생각을 했다. 혼자가 아닌 내가 봉사해야 하고 희생을 요구하는 가족들을 한때 원망하며 우울했었다. 하지만 그 어려운 상황을 탈출하려 회피한 것이 아니라 같이 살아갈 방법을 취하게 된 것에 감사한다. 가족에게. 나의 분신 손자 손녀에게 사랑을 배우고 인내를 배웠다고 하면 누가 믿으랴. 하지만 그들에게 가장 소중한 것을 배웠다. 사랑을 배운 것이다. 감사함을 전한다.

아주 특별한 사람

더나은 성격심리코칭연구소 대표   장정이

> "어느 누구도 아버지가 될 수 있다.
> 하지만, 아빠가 되기 위해서는 특별한 사람이 되어야 한다.
> 이것은 내가 당신을 아빠라 부르는 이유이다.
> 당신은 나에게 있어 아주 특별한 사람이니까."
> -Wade Boggs-

아이들은 성장하기 위한 시간이 필요하다는 것을 몸소 가르쳐 주신 아버지께 이 글을 바칩니다.

1979년 5월 1일. 사 남매 중 둘째로 태어났다. 남아선호사상이 팽배했던 시절 내가 아들로 태어나길 은근히 바라셨을 것이다. 그 바람 덕분에 필자는 사춘기가 오기 전까지는 여장부 같은 행동을 많이 했다. 맞벌이 부모님은 저녁 늦게 들어오셔서 늦은 시간까지 놀기 바빴다. 지금 아이들이 자라는 환경과는 달리 온 동네가 놀이터였고 동네 이웃들이 돌봐주셨다. 배가 고프면 옆집에 놀러 가 끼니를 때우기도 했는데 그날은 왜인지 군것질을 하고 싶었던 모양이다.

집에는 63 빌딩 저금통이 있었다. 빌딩 모양의 금빛 저금통에 돈을 넣으면서 부모님께서는 이렇게 말씀하셨다. "저금통이 다 차면 우리 집에도 피아노가 생길 거야." 모두 저금통을 바라보며 기뻐했다. 하지만, 나로 인해 그날 그 약속이 깨지게 되었다.

사랑의 매. 아빠의 사랑으로서 두 번째 삶을 살게 되었다. 그때의 감정을 글로 정확하게 표현할 수 있을지는 모르겠다. 현시대는 사랑의 매도 가정폭력에 해당한다. 시대 변화에 따라 인권의 소중함이 강조되면서 가정 내 폭력의 기준이 필자의 유년기 시절과 매우 다르다.

슈퍼에 새로 나온 과자가 너무 먹고 싶었던 나에겐 63 빌딩 저금통이 판도라의 상자처럼 느껴졌다. 조금 열어보고 싶은 유혹에 의자를 딛고 안방 서랍장 위 저금통을 부수고 달콤한 과자를 사 먹었다. 하지만 달콤함은 그리 오래가지 않았다. 금방 들통 날 일을 저지르고 난 후 후회한들 어찌할까. 마음속으로는 '조금 혼나고 말겠지.'하고 스스로를 위로했는데. 이번에는 작정하신 듯하다. 아빠가 엄한 어조로 "이번에는 단단히 혼을 내야겠어."라며 나를 방으로 부르셨다. 그리곤 아무도 들어오지 못하게 하고 매를 들고 무서운 얼굴로 나를 쳐다보셨다. "다리 걷어!"라는 소리와 함께 매가 천장을 향해 올라가는 순간 나는 공포와 두려움으로 몸이 얼어붙었고 눈을 찔끔 감았다. 어찌 된 일인지 무서움은 사라지고 매는 천천히. 부드럽게 종아리에 닿았다. 종아리에 따뜻함이 느껴지는 순간 모든 것이 멈춰버리고 얼어붙었던 나의 몸과 마음은 사랑의 힘에 녹아 편안해졌다. 철없던 나는 아버지를 보며 아무것도 할 수 없었다. 너무 큰 사랑을 담을 수도. 표현할 수도 없었다. 그 경험으로 나의 존재가 사랑받을 가치 있는 큰 존재임을 알게 되었고 세상 속 내가 다시 보이게 되었다.

눈물. 여러 가지 감정의 뒤섞임으로 침묵을 지키셨다. 필자는 어머니를 잃고 아버지의 눈물을 처음 보게 되었다. "너희 엄마가 고생이 많았어." 짧은 한마디로 단단히 지켜 온 삶의 무게를 천천히 우리에게 열었다.

부모 마음. 첫째 자연분만 시도 중 갑자기 응급 수술을 하게 되었다. 수술 후 마취에서 깨어나 천천히 눈을 뜬 순간, 남편은 피가 묻은 나의 몸을 수건으로 닦아주면서 흐느껴 울고 있었다. 그가 아버지가 된 순간 오래전에 느꼈던 사랑의 감정을 다시 느낄 수가 있었다. 어린 시절 담을 수도, 표현할 수도 없었던 그 넘치는 감정을 그도 느꼈으리라 짐작이 된다. 남편은 성장 과정에서 본 아버지를 많이 닮았다. 삶의 무게를 열고 나누며 살아가기를 소망한다.

성장. 유년기의 저금통 사건 경험은 필자를 존재로서의 성장 방향으로 이끌어 주었다. 부모로서 자녀가 성장하기 위한 기다림의 시간이 필요하다는 교훈을 깨우치며 현재도 노력하고 있다. 아버지가 그러셨던 것처럼 특별한 사람이 되기 위한 노력이다.

브라보 마이 패밀리

다시 건강해져 꽃피고픈 만 37세 　지해인

　나에게 2021년은 건강상에 이상을 발견해서 놀랐고, 어떻게 해야 할지 몰
라 길을 잃었었고, 가족의 소중함과 현재 생활의 감사함을 느끼는 순간순간
이었다.

　서울에 큰 병원을 가봐야 할 거 같다고 했을 때 난 지나가는 목줄 한 강아
지까지 부러웠다. 남편은 일단 걱정하지 말라며 침착하게 혼자 이곳저곳 병
원을 알아보며 빠르게 예약해갔다. 그리고 간호사였던 고모에게 자문하면
서 최대한 진료를 빠르게 하는 걸 알아보았다. 얼마나 든든한지, 나 혼자였
더라면 도대체 어디서, 어떻게, 무엇부터 해야 할지 몰라서 그냥 울고만 있
었을 것이다. 끝까지 지켜주겠다는 남편의 말이 그렇게 고맙고 믿음직스러
울 수가 없었다.

　가족여행에서 "제가 이렇게 건강에 문제가 있대요."라고 말했을 때 엄마
는 정말 너무 놀라고 믿을 수 없으셔서 잠을 주무시지 못했다. 그래도 엄마
는 강하셨다. 딸을 무조건 살린다는 생각으로 괜찮다고, 우리 잘 이겨내서
이겨내 보자고 힘을 내주셨다. 엄마의 그런 긍정적임과 강한 통솔력이 의지
가 되고 좋았다. 서울에서 방사선 치료 하는 동안에도 늘 빠짐없이 동행해
해주셨다. 외래 진료 다닐 때도 일주일에 두 번 서울 가는 것을 여행 간다고
말해주는 엄마가 너무 든든하고 멋있다.

엄마에게 독립하고 혼자 잘하고 싶었었는데 나는 아직도 많이 의지하는 딸이다. 아침에 딸을 위해 기도로 시작하고 매일 아침 식사를 어떻게 하면 더 영양가 있게 만들어 줄까 고민하면서 영양 가득 만들어 주신다. 이런 엄마가 있어서 난 참 행복하고 감사하다.

나의 어머니도 정말 너무 멋진 분이다. 며느리를 늘 배려해주시고 따뜻한 시선으로 잘한다고 해주신다. 어머님이 잘한다고 해주셔서 정말 잘하고 싶어진다. 내가 없을 때 어머님이 아이들을 너무 잘 보살펴주셔서 정말 든든하고 걱정 없이 병원에 다닐 수 있다. 그리고 저녁에 조금이라도 더 영양가 있게 나 잘 먹으려고 저녁을 챙겨 주시는데 정말 감사하다. 아버님도 늘 웃는 얼굴로 따뜻하게 대해 주신다. 그리고 아이들 눈높이에 맞춰 참 재밌게 놀아 주신다. 어머님 아버님이 가까이 계셔서 참 든든하고, 감사하다.

힘든 일이 생겼을 때 가족이 최고라는 것을 깨닫는 것 같다. 월요일 진료 때마다 자기 쉬는 날이라고 하루도 빠짐없이 늘 병원에 와주는 내 남동생. 언제나 밝은 얼굴로 와서 병원 근처에서 밥을 먹지만 동생이랑 밥을 먹으면 정말 밥맛이 다르고 즐겁다. 동생이 진료실에 함께 가서 들어주어 남편도 든든해서 맘이 놓여서 좋다고 한다. 누나가 뭘 먹는지 항상 확인해 주는 동생은 누나를 늘 멋지게 바라보고 있어 참 고맙고 앞으로 나아가게 한다.

내가 몸이 힘들거나 궁금한 부분이 생겼을 때 간호사였던 고모가 참 든든하게 내게 힘이 되어 준다. 약에서 일어날 수 있는 현상도 그럴 수 있다고 말해주고 걱정해주고 따뜻하게 괜찮을 거라고 용기를 주어서 남편의 여동생이면서 나에게도 좋은 벗이다.

늘 서울 오가는 공항 가는 길, 나의 아빠는 언제나 기사를 해주신다. 그렇게 데려다주고 데리러 오는 일이 번거로우실 텐데 늘 즐겁게 해주신다. 어렸을 때 친구 집에 날 데리러 와주었던 어렸을 적 아빠는 여전히 딸의 슈퍼맨 아빠이다.

이렇게 가족들이 함께 나를 지켜주고 있기에 나는 정말 감사하고 행복하다. 우리 가족들을 위해서 힘이 나고, 힘이 나야만 한다. 세상에서 정말 사랑하고 소중한 나의 두 딸을 위해서 크는 모습을 잘 보고 지켜주고 싶다. 잘 클 수 있도록 엄마가 큰 울타리가 되어 주고 싶다.

지적 장애 3급 딸 재활하다
뇌 상담사가 되다

명상 놀이 뇌 상담사 양 선

    딸이 돌이 지나서부터 아이들과 다른 행동을 해서 좀 다르다고 느꼈다. 이때부터 딸 몸의 전체 재활이 시작됨과 동시에 내 모든 진로 목표가 다 바뀌었다. 시력 미발달과 늦은 말. ADHD 판단과 뇌 속에 좌·우 전두엽 비정상 등 머리부터 발까지 모든 재활을 시작해야 한다는 것을 알게 되었다. 나는 한동안 딸만 마냥 보고 너를 임신할 때 내가 무엇을 잘못했나? 왜 내가? 하는 생각을 많이 하고 나 자신 탓을 많이 했다. 그렇지만 이렇게 넋두리를 할 시간이 없었다.

    어린이집에 다니면서부터 합기도, 놀이, 미술, 한방 등 한해 한해 넘어가면서 딸과 하는 재활 선생님들이 점점 늘어만 간다. 지출도 많이 되어서 일부는 내가 배워서 알려주고 친동생에게 도움을 받아 공부해서 딸에게 알려주면서 계속 진행을 했다. 딸은 무엇이든 일주일을 배우고 3일이 지나면 모든 것이 원 상태였다. 정신과에서 힘들다는 말은 들었지만, 한 가지를 1년을 반복해야 딸 몸에 적응이 된다는 소리가 점차 내 몸과 마음에 다가오는 것 같았다.

    몇 달 동안 해도 안 되는 것을 느꼈기에 방법을 다르게 했다. 어차피 아이들과 다른 딸은, 재활을 하더라도 몸에 습관을 만드는 방법을 생각하고 저축성 재활을 생각하면서 재활 방법을 바꾸었다. 눈높이 방문 선생님, 공부방 선생님, 미술 방문 선생님, 복지관 언어 재활 선생님, 정신과 뇌파 훈련 합기도 선생님이 재활을 도와주셨고, 내가 전래놀이와 종이접기를 시작했다. 한 고비 한 고비를 넘는 기분이었다. 혼자, 소리 없이 많이 울었다. 딸을 바라보는 시댁과 남편에게 안 좋은 소리를 듣기 싫어서 더 힘들었다.

사실 나 자신도 처음 딸을 인정하기 싫은 부분이 좀 있었기에 시댁이나 남편 마음이 이해가 되어서 많은 말이 안 나왔다. 어린이집과 유치원, 초등학교를 지나면서 중학교 1학년 때 지적 장애 3급 판정을 받았다. 아주 겸비한 장애라서 쉽게 받기 힘들었다. 6년 동안 소아정신과를 다니면서 서류를 만들고, 진단서를 발급받고 어린이집, 공부방, 미술 등 여러 선생님이 딸의 상태를 작성해서 동사무소에 제출하고 난 뒤 지적 장애 3급 판정을 받았다. 중1 때부터 지하철 비용지원과 고등학교 때 교육청에 있는 복지관 수업 재활을 받을 수 있었다.

그 후 학교를 제외한 10분의 선생님들과 재활했다. 딸이 그림을 좋아해서 미술 방문, 공부방, 눈높이 수업을 19년 동안 딸과 동행했고 뇌 센터에 가서 훈련도 받으면서 움직였다. 고등학교를 졸업하면서 공부방과 나머지 재활도 점점 마무리하면서 대학교에 다니면서 뇌파는 계속해서 진행했다. 동시에 센터를 옮기면서 딸의 전반적인 변화가 많이 왔고 대학교에 다니면서도 여러 가지 혼란이 일어나는 데도 잘 이겨내고 있다. 계속 재활은 해야 하지만 어느 정도 스스로 대화하는 것과 책 읽기부터 모든 것이 한꺼번에 좋아지고 있다는 것이 한눈에 들어오기 시작했다.

올해 2022년 2월 10일 부산과학 전문대학교 디자인계열 도예복지과를 당당하게 본인 실력으로 우수한 성적으로 졸업했다. 당일 혼자서 많이 울었다. 딸 앞에서는 나오는 눈물을 겨우 참았다. 23년 동안 참으로 잘 견디어 주었고 딸을 통해서 공부란 것을 왜 해야 하는지 알게 되었다. 많이 배우고 있고 계속 진행하는 중이다. 딸에게는 그저 고맙고 또 고마울 뿐이다. 딸은 나에게 직업을 만들어준 귀한 선물이다.

내 친구 희망이를 만나다

명상 놀이 뇌 상담사 양선

초등학교 때 든든한 친구 희망이가 있었다. 난 키도 작고 몸도 작아서 책상 맨 앞에 앉았다. 말도 없이 숨어만 다니고 학생들이 나를 놀리면 항상 옆에서 지켜 준 희망이었다. 초등학교 때 4학년 때부터 같이 운동도 했는데 이 친구는 여러 가지 운동을 하고 성격도 좋아서 남학생이 함부로 희망이 옆에 오지를 않았다. 그래서 난 희망 뒤에만 숨어만 다녔다. 희망이는 공부, 운동, 노래, 그림 등 못 하는 것도 없었고 기본 3개 국어를 했기에 누구에게나 부러움의 대상이었고 나와는 완전히 다른 아이였다.

고등학교에 진학 하면서 소식이 끊어졌고 교육부에 수소문하니 외국에 나가 있다고 해서 부산에 들어오기만 기다렸다. 그 후 34년 뒤 희망이가 부산에 온 지 2년째 되는 해 겨울에 강사들 개인 트레이닝을 하고 있었고, 각 지역에 좋은 강의, 저렴한 강의 또는 본인에게 맞는 강의를 추진하고 관리 감독을 맡고 있을 때였다. 밴드 안의 쪽지에서 희망이가 내 프로필 사진을 알아보고 쪽지가 와서 서로를 확인하고 시간을 정해서 김해 사무실로 가서 34년 만에 친구를 만나게 되었다.

희망이를 34년 만에 김해에서 보게 된 것이 꿈만 같았다. 희망이는 미국, 중국, 일본 등 외국의 여덟 군데 학교에서 박사학위를 취득하고 계속 공부를 하고 연구해서 김해에서 교육원을 운영하고 있었다. 대단하다고 생각했지만 혼자서 아르바이트를 해가면서 어떻게 그 많은 공부를 했는지, 성격이 본인이 하고자 하는 일은 해야 하는 성격이라 추진력이 남다르고 뛰어나다 보니 외국에서 의학부터 심리교육. 인문학 관련 학위를 취득하고 대학교수 등의 활동을 하고 있었다. 34년이 흘러서 김해에서 세상에서 제일 좋아하는 희망이를 만나게 되었다. 만나는 순간 울면서 한동안 말은 하지 않고 서로 안고 그냥 울기만 했다. 그저 반가울 뿐이었고 너무 찾고 싶은 친구였고, 보고 싶은 희망이었기에 한동안 울고만 있었다.

한참을 울고 진정하고 옛날이야기를 간단히 했다. 희망이 옛 기억으로는 내가 강사 일을 할 거라고는 생각을 전혀 못 했다고 한다. 그때는 아무 말 안 하고 그냥 가만히 있었으니 상상도 할 수 없었다고. 다만 내 성격상 뭔가를 할 것 같다고 했다. 그때 당시 난 공부는 하지도 못했고 자존감도 없는 상태였고, 희망이는 전교 1등이니 서로 다른 세상에서 움직인 것이다.

희망이와 난 서로 각자의 이야기를 했다. 희망이가 내가 도와줄 테니 너도 나를 좀 도와줄 수 있겠니? 하는 말에 내가 희망이를 도와줄 수 있을까? 하는 생각이었는데 조금은 도와줄 방법이 있는 것 같아서 알겠다고 했다. 참 신기하다. 희망이를 보면 그냥 편안하고 힘이 되고 그냥 좋다. 힘든 것은 사라지고 힐링하는 느낌이 들었다. 서로가 맞는 걸까? 희망이를 만난 날 저녁은 너무 좋아서 잠도 좀 설쳤다. 그런데 찾고 나니 34년 동안 생각 과제가 희망이를 만나겠다는 것이었는데 간절히 바라니 만나는 것일까? 과제가 해결되어서 너무나 기뻤고 나와 같은 생각과 행동을 하는 희망이를 보니 더 든든했다. 희망이와 난 서로 의지할 수 있으니 너무 좋다. 희망이는 내 삶의 힘이다.

목소리만으로도 힘이 되는 영미

명상 놀이 뇌 상담사 　양선

　　가족과 나를 살려준 영미는 하늘 일을 한다. 영미와의 인연은 15년 전부터 시작되었다. 직업은 무속인이다. 학부모 친구로부터 소개를 받아서 인연이 시작되었다.

　　영미는 사람들에게 유료로 영육 간에 새로운 생명을 열어 주는 일을 한다. 처음에는 안 좋은 일을 풀어주는 일만 하는 줄 알았다. 그런데 점부터 가족의 화목을 위한 일, 취업과 진로 등 여러 가지를 본다. 영미의 주 종목은 학교 시험과 취업(합격 불합격), 현 건강 상태, 조심해야 할 것, 신점, 제자를 가르치는 것이다. 신기하게도 다 맞아떨어진다. 한 식구처럼 지낸 것 같았다.

　　내가 공부를 시작한 지 얼마 안 되는 시기에 시댁 어른을 보살피는 것과 가족의 화목을 위해 어떤 노력을 하면 될지 몰라 조언을 듣고자 해서 영미에게 갔다. 처음에는 믿어지지 않는 말만 하기에, 이 말을 믿어도 되나? 하는 생각에 말만 듣고 있었다. 영미 눈을 보는데 눈빛이 무섭기보다는 오래전에 만났다가 헤어진 친구를 만난 것 같은 느낌이었다. 표정도 부드럽고 그냥 편하게 속 풀이를 하며 속에 있는 안 좋은 아픔을 말하면서 울었던 것이 첫 만남인 것으로 기억한다. 영미를 통해서 삼재라는 것, 제사를 지내는 방법과 가족들에게 해야 할 것, 부모님의 모심에 중요한 것을 알게 되었고 영미 친정 식구와 어머님께서 더불어 좋은 말씀도 해 주셨다. 음식도 서로 나누어 먹고 공부를 하는 데 도움을 주고받았다.

너무 힘들 때는 간단한 굿도 하기는 했다. 모르니 그냥 믿음을 가지고 했고 눈에 보이지는 않지만. 가족부터 모든 것이 평안해지는 것처럼 느꼈다. 그때 알았다. 무속인은 하늘이 내리는 직업이라는 것을. 아무나 하는 것이 아니라는 것을. 다른 것과는 완전히 다르다는 것을. 무속인의 직업을 가진 사람은 스스로가 관리하고 큰 노력도 하고, 많은 사람의 안 좋은 것을 풀어주면서 본인들도 사람들이 잘되어 가면 더 좋아지는. 그런 직업이었다. 심리상담사 역할을 같이 하는 느낌이었다. 그러나 가끔은 무섭다는 느낌도 든다.

영미는 일하기 전 새벽. 저녁기도를 한 번도 거르지 않으면서 연구하고. 몸이 힘들어도 사람들이 상담 오면 개인 맞춤으로 진행하며 끝없이 노력하는 것이 대단하다. 다른 직업도 다 힘들지만. 사람들이 너무나 답답해서 찾아오기에 영미는 대충할 수 있는 것이 없었다. 새로운 생명의 길을 열어 주는 역할이기에 아무나 할 수 없는 중요한 직업이라는 것을 느꼈다. 이 세상 무속인들이 정말 대단하다고 생각이 든다. 자기 자신과 싸우는 일이기에 한 가지라도 잘 못 진행하면 모든 것이. 인생이 달라지기에 일이 끝날 때까지 긴장을 늦추지 않는다고 한다.

내가 공부를 시작하면서 영미에게 자주 못 가는데 전화를 받으면 그냥 기분이 좋고 힘을 받아서 공부가 된다. 목소리만으로도 힘이 되니 참 신기하다. 전에는 식구 때문에 상담해도 굿하라는 소리는 절대 안 한다. 영미는 굿은 무조건 하는 것이 아니라 필요한 시기에 하는 것이라고 한다. 돈을 벌기 위해서는 굿을 해야 영미가 먹고 살아가는 데 지장이 없다. 하지만 영미는 그것도 맞는 말인데 굿을 하면 돈벌이가 되겠지만 안 되는 것도 많다고 한다. 나도 10년 전에 시댁과 친정 부모와 우리 아이들 때문에 간단히 남는 것 없이 최대한 적은 돈으로 나를 도와주기도 했다. 영육 간에 힘도 되고 주로 굿보다 대화를 통해 많이 풀어주어서 더 좋았다. 그렇기에 더 믿음이 간다.

영미야! 항상 고맙다. 항상 건강하게 통화하면서 즐겁게 살자!

14년 차 엄마 사람의 기록

글 쓰는   이소희

2008년 8월 19일. 아직 더위가 채 가시지 않았을 무렵이었다. 아직 보름이 넘게 예정일이 남았건만. 아이는 세상에 나올 준비를 마친 모양이었다. 한밤중에 양수를 먼저 쏟은 나는 빨리 병원으로 가야 함을 본능적으로 알았다. 첫 출산의 불안함으로 늘 머리맡에 두었던 출산 가방을 들고. 대구 친정집에서 지내던 난 친정 아빠와 함께 병원으로 향했다.

당시 남편은 직장이 있던 구미에 있었는데. 나와 통화한 후 택시를 타고 20분 만에 병원에 도착했다. 아마 지금 마음 같았으면 내일 오라고 했을 텐데 그때의 난 철이 없었다. 잘못될까 봐 무서워 울면서 통화를 했더니. 걱정되었던 남편은 총알택시를 타고 대구로 달려왔다. 하지만 양수는 이미 흐를 만큼 흘러 버렸고. 출산은 진행되지 않는 상태로 많은 시간이 지나 버렸다. 두려움이 극에 달하는 순간 산모인 난 기절을 해버렸고. 응급 제왕절개 수술로 그렇게 아이는 세상에 태어났다.

처음엔 아이가 내 뱃속에서 나왔다는 게 실감 나지 않았다. 아홉 달을 내 뱃속에서 꼼지락 대던 아이가 내 옆에 누워 있다는 게 정말 신기하고 감격스러웠다. 태명이 복덩이였던 첫째는 속싸개에 꽁꽁 싸여 겨우 눈을 뜨고 엄마인 나와 눈을 마주쳤다. 아이와 눈을 마주하던 그 순간 내 마음은 뭉클함으로 말을 할 수 없을 정도로 벅찼다. 늘 엄마가 말하던 '내 새끼'가 저절로 내 입에서도 나왔다.

하지만 아이는 예민했다. 우스갯소리로 신생아를 눕히면 우는 모습을 두고 흔히 '등에 센서가 달렸다' 하는데. 정말 우리 아이가 그랬다. 눕히면 울고, 밤에는 잠을 자지 않았다. 왕초보 엄마였던 나는 아이를 밤새도록 안고 업고 하는 수밖에 없었다. 잠시라도 떨어지면 우는 아이를 업고 화장실에 갔으며, 아이가 잠이 들어야 겨우 국에 밥을 말아 싱크대에서 먹었을 땐 눈물이 뚝 떨어지는 경험도 했다. 그렇게 29살의 나는 한 아이 엄마가 되어갔다.

가만히 있지를 못하는 탓에 난 늘 워킹맘으로 살아왔다. 아이가 17개월쯤이었던 걸로 기억한다. 다시 학교에 근무하기 위해 아이를 보낼 어린이집을 알아보면서 마음을 졸였다. 학교에 다시 가고 싶어 하는 내 자아와 내 손으로 직접 아이를 돌봐야 한다는 엄마 자아 사이에서 갈등에 또 갈등을 거듭했다.

결국, 학교를 선택하고 아이를 내 손에서 처음 떠나보내던 날이 아직도 선명하게 그려진다. 아이는 생각보다 씩씩하게 어린이집 차를 타고 갔는데, 난 노란 차가 떠난 그 자리에서 한참을 서 있었다. 눈시울이 붉어지면서 마음이 가시밭길처럼 느껴졌다. 내 욕심에 아직 말도 제대로 하지 못하는 아이를 기관에 보냈다는 죄책감에 마음이 편치 않았던 탓이다.

그랬던 첫째는 어린이집, 유치원, 초등학교를 졸업하고 어느덧 중학교 2학년이 되었다. 오늘 새로운 신발을 아이에게 주며 신발 끈을 정성껏 묶어주었다. 내 새끼가 언제 이렇게 컸을까? 발 사이즈는 무려 275이다. 발 사이즈가 이만큼 크는 동안 나는 엄마로 14년을 살아내었다. 대체로 행복한 시간이었다. 늘 불안이 많았던 내 걱정과는 달리 아이는 크게 아프지 않고 잘 커 줬다. 켜켜이 쌓인 시간만큼 서로에 대한 믿음과 사랑이 커갔다. 그러면서 내 마음도 아이를 세상에서 지켜낼 수 있는 강함으로 채워져. 비로소 진짜 어른이 되었다고 생각한다.

모든 것이 첫째와 처음이었다. 누군가를 위해 그토록 마음을 졸인다는 것. 한 생명으로 인해 내 마음이 온통 사랑이라는 느낌으로 채울 수 있다는 것. 몇 시간에 걸쳐 한 요리를 아이가 맛나게 먹어주는 게 그렇게 감사한 일이라는 것. 이 모든 것이 첫째가 태어나고 처음 겪는 감정들이었다. 처음 접하는 감정들로 내 인생을 송두리째 바꾼 아이는 그저 사랑이었다.

가끔 난 생각해 본다. 어쩌면 내가 아이에게 준 사랑보다 아이가 나에게 준 사랑이 훨씬 더 큼을. 사춘기를 지나 어른으로 성장하고 있는 첫째에게 많은 것을 보여주고, 경험하게 해주고, 단단한 마음을 가질 수 있게 도와주고 싶다. 그리고 생각보다 인생은 살 만한 가치가 있다는 것을 꼭 내 삶으로 보여주고 싶다.

나의 애인들

아이를 키우는 한 부모, 개인, 집단 가족 상담가   김순천

나에게 가장 많은 영향을 미친 사람이 누구일까? 하고 많은 날을 생각해 보았다. 난 알고 있다. 내 머릿속은 엄청 많은 것으로 가득 차 있다는 것을…. 그래서 내 머릿속을 헤쳐 보며 마침내 발견했다.

나의 아이들!

나에게 첫째가 왔을 때 나는 두려웠다. 과연 내가 아이를 키울 수 있는 역량이 충분할까 하고…. 그 두려움이 밀려오고 밀려왔을 때, 결국 나는 남편을 믿기로 했다.

둘째가 내게 왔을 때도 나는 두려웠다. 그리고 둘째 혼자 입원해야 했던 병원에서 아이를 데리고 왔다. 내 두 팔에 두 아이가 있었을 때의 그 느낌을 결코 잊지 못한다. 참으로 든든했다. 그 이상 뭐라 표현할 수 있는 적합한 단어가 생각이 나지 않는다.

인생의 길에서 내가 거쳐야 하는 삶의 장애물 테스트가 주어졌다. 나의 정체성이 혼란스러워지는 일로 울고 있을 때 둘째의 어린 손에 담긴 장난감 공! 이것을 건네주며 함께 했다. 그리고 위험에 빠진 나를 구하려는 6살의 첫째 아이의 심장이 뛰는 용기 있는 행동! 낯선 땅에서 새로운 적응을 하는 동안에도 내가 살아갈 수 있는 원동력은 아이들이었다.

어린아이를 데리고 전혀 모르는 곳을 찾아갈 때 어떻게 그렇게 오랜 시간을 운전해 갈 수 있었나? 그 당시에는 몰랐다. 조그만 아이들과 함께 있다는 자체가 나의 삶의 행로에 힘이 되었다는 것을. 일상 속에서도 아이들의 존재가 나의 많은 두려움을 막아 주고 보호하고 있었음을 알지 못했다. 아이들 때문에 내가 '힘들어'하는 것만 더욱 크게 크게 생각하는 이기심을 매일, 순간순간 일깨워야만 한다.

돌이켜 봐도 말할 수 없는 고마움이 올라온다. 아이들이 온 마음으로 에너지를 모아 나를 위로해 주고 나에게 힘이 되었던 비언어적 행동들과 짧은 글들을 가슴에 새겼다. 자발적 홀로서기의 과정에서 나를 지탱해 오며 무기력한 삶에서 벗어나게 만들어 주는 힘이었음을 다시 통찰하게 되었다.

이 글을 쓰며 나는 머릿속의 한 부분이 정리되었다. 내 인생의 가장 중요한 힘의 원천이 어디인가를 명료화했다. 이 짧은 시간의 글쓰기는 보물의 재발견이라는 소중한 경험이 되었다.

퇴직 후 제2의 길,
심리상담사와 푸드아트테라피스트

행복천사 광주 푸드아트테라피 김나연

주부이자 직장인. 워킹 맘으로 살아가던 어느 날 신문이나 방송에서 매일같이 떠들어대던 말들이 있었다. '100세 시대'. '베이비붐 세대의 노후' 등이다. 1955년~1963년에 출생한 사람들. 부모를 모시는 마지막 세대. 자식에게 부양받지 못하는 첫 세대라고들 했다. 내가 바로 그 1961년생 베이비붐 세대다.

하지만 나와는 상관없는 일이라고 생각하고 그저 흘려보내고 있었다. 당장 눈앞에 해야 할 일들은 매일 많았고 하루하루 찬거리를 걱정하기에도 부족한 나날이었다. 먼 훗날 직장에 열심히 다니다 퇴직하고 나면 '60대의 할머니로 유유자적하며 노후를 보내면 되지.'라며 막연하게 생각할 뿐이었다.

그러다 2014년의 어느 날. 친정엄마가 어느새 87세를 맞이한 해였다. 내 부모님 세대는 노후준비라는 개념도 없을 시기인 데다 그저 아이들을 키우고 먹여 살리는 데에만 최선을 다할 뿐. 본인의 노후는 생각지 않으셨다.

엄마를 생각하면 잔잔하게 밀려오는 애잔함과 가슴에 먹먹함이 있다. 아버지를 만나 결혼과 동시에 엄마의 이름 석 자는 잊힌 지 오래고 아니. 잊히기보다 생각할 겨를도 없이 살아온 인생이었으리라. 한 여자로의 인생은 온데간데없고 며느리로. 형수로. 아내로. 엄마로 살아온 세월에 자신을 돌보기보다. 7명의 자식의 입에 거미줄 치게 하지 않으려고 발버둥 치고 살아오신 우리 엄마였다.

어려운 살림 속에서도 자식들의 의견에 한 번도 안 된다고 하지 않으시고 매 한번 들지 않고. 자식을 온몸으로 사랑했던 우리 엄마가 벌써 95세가 되셨다. 그런 엄마의 모습을 보고 자라면서 내면의 자아가 더욱더 단단하게 정립해감을 느꼈다. 나는 나로서 살고자 한다. 내 이름 석 자를 당당하게 내밀고 자신의 삶을 그려나갈 테다. 다짐하기도 했다.

그제야 위기감이 스멀스멀 올라오면서 어쩌면 나도 우리 엄마처럼 100세를 살겠구나 하는 생각이 들었다. 퇴직 후 40년을 어떻게 살아야 하지? 그저 세월이 가는 대로 살아가는 것이 아니라 건강하게 잘 사는 방법이 뭘까? 퇴직 후 남은 40년의 경제활동은 어떻게 해야 좋을까? 하는 걱정이 들었다. 퇴직 이후의 노후는 생각하지 못하고 지내다 갑자기 제2의 인생을 준비해야 하는 상황이 온 것이다.

그로부터 인생 이모작 고민이 시작되었다. 포털사이트에 검색도 해보고, 주위 사람들이 퇴직 후 준비는 어떻게 하는지 조사해보았다. 자기 계발을 어떤 방향으로 첫발을 내디뎌야 하는 걸까? 내가 잘할 수 있는 것이 무엇일까? 고민하기 시작했다.

어릴 적부터 몸이 유난히 약했던 나는 몸으로 하는 일이나 힘을 쓰는 일은 할 수가 없었다. 벌어들일 수입보다 병원비가 더 나올 일은 당연지사. 아뿔싸. 내가 할 수 있는 일이 정말 없구나. 고민은 날로 깊어질 뿐이었다. 그러다가 문득 사람들이 내가 이야기하면 신뢰가 간다는 얘기를 자주 들었던 기억이 났다. 그래. 사람들에게 신뢰감을 줄 수 있는 강점을 이용해서 강의를 해보자.

퇴직 후 인생 이모작. 직업은 강사다. 준비는 녹록지 않았다. 강의 방향 설정부터 업무 관련 상담, 강사 네트워크 연결 등 도대체 무엇을 어떻게 시작해야 할지 막막했다. 일단은 주저할 시간이 없었다. 그리고 7년간의 시행착오를 거쳐 60여 개의 자격증을 소지하게 되었다.

그 수많은 분야를 접해보고 공부한 끝에 내 길을 찾은 것은 푸드아트테라피였다. 2021년 9월 퇴직일로부터 월급쟁이 강단파에서 능력이 없으면 잘리는 강호파에 소속되어 지금은 당당하게 1인 기업가로 사는 삶을 살며 재미있게 활동하고 있다.

수많은 분야를 접해보고 공부하면서 내가 말을 많이 하는 것보다 남의 이야기를 들어주는 일인 심리상담 분야가 적성에 맞는다는 생각에 이르게 되었다. 현재 대학원에서 통합예술 박사과정과 심리상담 치료학을 공부하면서 심리상담사, 푸드아트테라피스트, 그리고 1인 기업가로 즐겁고 행복하게 살고 있다.

내 인생을 행복하게 바꾸어준 친구

미조댄스아카데미 대표, 한국메타버스강사협회 지도강사 **김미조**

내가 춤을 출 수 있게 만들어 준 친구 노순미는 체육과 출신으로 배드민턴 국가대표선수다. 중1 때 함께 배드민턴 선수 생활을 같이했던 친구이다. 나는 한국무용을 전공하고 이 친구는 배드민턴으로 국가대표 선수로 활동했다. 우리나라 최초 배드민턴 여자 심판으로 활동하면서 댄스스포츠를 배운 친구이다. 춤을 추는 네가 자기한테 배워서 다른 사람을 가르쳐주라고 하길래 나는 무작정 친구한테 배웠고 배운 것을 바로 회원들에게 가르쳐 주었다.

나는 그때부터 댄스스포츠를 배우면서 가르치는 강사가 되었다. 그 당시 고등학교 총동창회가 있었고 부곡하와이 무대에서 공연할 기회가 주어져서 이 친구가 안무해 준 댄스로 그 큰 무대에서 가슴 벅차도록 춤을 추고 나니 나 자신이 다시 살아난 것 같았다.

그러던 중 남편이 갑자기 병원에 입원해 수술했고, 한 달 동안 꼼짝없이 간병인 노릇을 했다. 그래도 춤을 잊지 못해 잠깐 집에 다녀온다고 하고 마산으로 내려와 수업하고 또다시 병원을 왔다 갔다 했다. 한 달이 10년 같이 생각되었다. 그 사이 댄스스포츠 자격증 공부를 했고 자격을 취득해 강사로서의 길을 가게 되었다.

2000년 4월부터 시작한 나의 강사 생활은 지금껏 이어져 왔고 라인댄스와 밸리댄스로. 그리고 또 다른 춤의 세계로 들어가 완전히 내 세상이 되어 버렸다. 딸 같은 친구들과 함께 밸리댄스 1기로 공연단 활동을 하면서 김해 가야 축제. 부산 모래축제. 삼천포 해양축제. 함양 축제. 여러 곳을 다니면서 좋은 경험을 많이 하게 되었다.

2009년 11월. 120명으로 구성된 '미조(美助) 무용단'을 창단했고 3·15 아트 소극장에서 많은 관객의 찬사를 받으며 창단공연을 성황리에 마쳤다. (여기 120명은 내가 나가는 주민센터. 노인복지관. 문화센터. 창원농어민센터. 마산시 생활체 육 회원들로 구성된 11개 단체다)

또 매년 '가고파 국화축제'에서 정기적인 공연도 하고 있다. 내 이름과 주 민센터 이름을 붙여서 '성미 실버동아리'를 만들어 전국을 다니면서 공연도 했다. 이 모든 것이 이 친구의 말 한마디로 이루어진 것이다. 내 인생이 완 전히 역전이 되어서 지금은 누구도 부럽지 않고 나 자신을 사랑하고 건강하 게 노년을 잘 보낼 것 같다.

결혼과 함께 바뀐 내 인생을
바꾸게 해준 사랑하는 나의 가족과 인연

건강하게 자유롭게 힘 있는 부자 부모가 꿈인 엄마 김선영

우리 지민이와의 첫 만남은 2010년 4월 4일이다. 늦은 나이에 자연분만하고 그저 힘들기만 했다. 지민이를 임신하기 전인 2009년 5월, 나는 A형 간염으로 급하게 입원하여 치료받으며 조금 여유를 가지고 쉬게 되었고, 7월 초 즈음 임신을 하게 되었다.

그때는 인터넷 검색으로 산전검사부터 정기검진, 피검사로 하는 기형아 검사, 입체 초음파 등 여러 가지 검사를 왜 하는지 검색해 보며, 정기검진 때마다 그저 건강하게 태어나길 매일 두 손 모아 간절히 기원하며 출근했다. 특별히 건강에 더 신경 썼던 건 시댁 조카 중에 장애가 있는 조카가 있어서였다.

다행히 건강하게 태어났지만, 아이의 반응이 개월 수에 맞게 잘 성장하고 있는지 모르는 초보 엄마다 보니 1년 이상을 아이 키우면서도 늘 불안한 마음에, 조금만 아이가 힘들어하면 바로 병원으로 달려갔다. 그런 모습을 옆에서 지켜보시는 시어머니 눈에는 그저 유난스러워 보이셨는지 가슴 아픈 말씀도 많이 하셔서 출근하는 전철에서 혼자 울기도 많이 울었다.

그렇게 울면서 첫째와 2년 가까이 회사 일을 병행하다 보니 마음도, 일도, 육아도 모두 잘할 수 없다는 생각에 아이를 잘 키우기 위해 퇴직을 하고 아이를 직접 키우게 되었다. 집에서 본격적인 육아를 하며 동네 엄마들과도 친해지면

서 우연히 암웨이 뉴트리라이트라는 건강기능식품 브랜드를 알게 되었다. 그리고 초보 엄마인 나는 우리 지민이에게 당연히 영양제를 먹이기 시작했다.

이후 2013년 1월 30일 둘째가 태어나서 온전히 내 힘으로 아들 둘을 키우면서 건강한 성장을 위해 일찍 자고 일찍 일어나는 아이들로 생활습관을 바꾸고, 식습관도 최대한 아이에게 좋은 방향으로 바꾸어주니 힘들어하던 코 막힘, 열 감기, 장염 등이 차츰 좋아지면서 병원 가는 횟수가 줄어들게 되었다. 그래서 왜 좋아지게 되는지가 궁금해서 건강공부를 시작했다.

학교 때도 안 해본 공부라 처음엔 나 자신이 너무 기특하고 신기하기만 했다. 그저 우리 지민이, 지원이 우리 가족 건강하게 잘 살고 싶은 마음이라 그런지 공부가 재미있었다. 공부의 시작은 궁금해서였지만, 우리 가족이 건강해지면서 주변 분들께도 공부한 내용으로 건강 생활의 정보를 드리고 좋아지시니 내 마음도 좋아져서 본격적으로 암웨이 사업을 하게 되었다. 암웨이 회사 이념이 우선 너무 건전하여 좋았고, 제품도 너무 안전하고 좋으니까 모두가 나 같이 잘 알려주면 건강한 제품 잘 먹고 잘 쓸 거로 생각하였다. 그러나 암웨이에 관한 생각이 "너무 비싸.", "다단계야.", "아무나 하는 게 아니야."라는 반응으로 엄청 많이 고민하게 되기도 했다. 내가 하던 일과 너무 많이 다른 일이라 처음에는 진짜 많이 울었다. 진심을 전해 드리지 못해서… 그래도 잘하고 싶은 마음에 중요하다고 생각되는 경제공부, 우리의 미래를 준비해야 하는 이유, 거기에 건강공부까지 해야 했다.

그렇게 힘들 때 전화 주셔서 치약 주문해 주시는 소비자님, 공부가 부족한데도 해열제 말고 비타민 먹이고 물 먹여 보라 하면 잘 듣고 해보시는 소비자님. 건강이 좋아지는 데 도움 되는 프로그램이 있다고 알려드리면 건강을 위해 도전하셔서 평생 고생하셨던 불면증과 변비가 좋아지신 소비자님. 건강한 물 드셔야 한다고 정보 드리면 맛보시고 물맛 좋다시며 정수기 주문해 주시는 소비자님 등 나에게 주문해 주시는 소비자님이 계셔서 지금까지 희망과 꿈을 가슴에 품고 정말 감사한 마음으로 "일하길 잘했지!" 하며 다시 일어설 수 있는 용기가 생겼다. 그리고 나의 사업 성장을 도와주게 될 정말 좋은 인연인 지금의 영숙, 상언 스폰서님을 만나서 더 단단해진 마음으로 용기 내어 성장의 날개를 펴는 중이다.

내 인생을 바꾸게 해주고 공부하게 해준 우리 가족. 나를 믿고 제품 잘 애용해 주시는 소비자님들. 나의 성장을 이끌어 주시는 스폰서님들. 믿고 따라 주시는 파트너님들이 계셔서 지금 나는 내 인생을 바꾸고 원하는 미래를 향해 한 걸음 한 걸음 나아가고 있다. 더 나은 삶을 향한 원칙을 1959년부터 이어온 암웨이는 "Helping People Live better & Healthier Lives"라는 슬로건으로 '자유. 가족. 희망. 보상'의 4대 창업이념을 가지고 정직과 신뢰로 지금까지 이어오고 있는 회사다.

더 잘 살고 싶고, 더 자유롭고 싶고, 더 행복하고 싶고, 더 많이 나누고 싶은 누구에게나 기회를 주는 회사의 정직과 신뢰를 믿고 나는 계속 나의 꿈을 위해. 꿈 너머의 꿈을 향해. 나의 성장 하는 모습을 보고 누군가가 또 꿈을 꾸고 이루는 데 희망이 되는 삶을 살아가기 위해 나의 부족함을 채우며 도전하고 있다. 작은 내 모습이 한 걸음 한 걸음 성장한다면 분명 다른 분들이 생각하는 성공의 모습으로 되어있지 않을까?

아이가 되찾아준 빛

두 아이의 엄마, 일상철학자   박주영

　수치심과 죄책감. 불안. 두려움. 외로움. 자기 불신으로 점철된 한 여성의 삶에 끼어들어 인생의 흐름을 완전히 바꿔준 이가 있다. 바로 나의 아이들이다. 홀로 살아갈 때는 그 어떤 어둠이 짙게 깔려도 개의치 않았다. 그냥 이번 생은 망했다고 생각하면 편했으니까. 어떻게 살아야 하는지도 모르겠고, 왜 사는지도 모르겠지만 이미 나 자신을 바꾸기는 늦었으니 그냥 이대로 살아도 어쩔 수 없다고 생각했다. 왜 그렇게 사냐고 누군가 손가락질한다 해도 별수 없다 여겼다. 어떤 것으로도 나를 바꿀 수가 없었으니까. 이미 끝난 일이라 생각했으니까.

　그런 내게 아이가 생겼다. 막연히 아이가 있었으면 하고 바란 적은 있지만, 막상 내 안에 새로운 심장이 뛰고 있다고 생각하니 더럭 겁이 났다. 그 묵직한 존재감이 수시로 나를 숨 막히게 했다. 아이는 시간이 흐를수록 발길질을 해대며 내 양심을 두들겼다. 이 아이의 생명에 책임감을 느끼면 느낄수록, 내 안의 죄책감이 깊어졌다. 이 작은 아이에게만큼은 나의 어둠을 물려주고 싶지 않았다. 나와 같은 고통을 느끼게 하고 싶지 않았다. 그것이 내가 가진 처음이자 마지막 나의 바람이었다. 하지만 그 어둠에서 탈출해보지 못한 사람이 어떻게 아이를 다르게 키울 수 있을 것인지 두렵고 자신이 없었다.

　아이는 빛으로 태어났다. 세상에 태어나기가 쉽지도, 좋지만도 않았을 텐데 아이는 천성적인 밝음으로 세상을 마주했다. 초라하게 마음이 뒤틀려 버린 나약한 엄마까지 너른 가슴으로 품으며 거침없이 빛을 내뿜었다. 그 빛에 눈이 부셨다. 그 빛이 강렬할수록 내 그림자는 짙어지는 것 같았다. 아이가 밝으면 밝을수록. 저 밝은 아이를 내 손으로 구겨 버릴까 봐 겁이 났다. 내 어둠을 묻히고 물들일까 두려웠다. 아이는 웃으며 사랑으로 다가 와도, 나는 울며 뒷걸음질 쳤다. 하루하루가 허공에서 외줄을 타는 심정이 었다. 조심스러웠다. 내 표정. 말투. 행동 하나하나가 아이에게 어떤 영향 을 미칠지 몰라 괴로웠다.

아이는 나를 완전히 해체해놓았다. 아무리 조심해도 이내 아이 앞에서 내 밑바닥을 훤히 드러내 보였다. 나라는 존재 자체가 수치스러워 고개를 들 수 없었다. 차라리 내가 사라지는 게 아이에게 더 도움이 될 것 같았다. 상처와 좌절은 더욱 깊어졌다. 아이를 보며 힘을 내려 해도, 이제 와 밝아 지려 해도 나를 붙드는 건 어둠뿐이었다. 그러나. 죽지 않을 것이라면 살아 야 했다. 아이 앞에 바로 서는 부모가 되어야 했다. 나 힘들다고 아이를 버 리고 떠날 수는 없었다. 그 밝은 아이에게 돌이킬 수 없는 상처를 주고 싶 지 않았다. 못나도 부족해도 아이에겐 내가 전부였다. 어둠을 자처한 나는. 이미 아이에겐 빛이었다. 그게 '엄마'였다.

내가 스스로 판 구덩이라는 것을 알아야 했다. 아이가 나를 빛으로 보고 있다면. 빛으로 살아야 했다. 더는 나를 미워하지 않아야 했다. 아이가 주 는 사랑을 온전히 받아야 했다. 아무리 노력해도 살을 파고드는 불안과 자 책을 막을 수는 없었지만. 그냥 울고만 있느니 이따위에 지지 않겠다고 선 언하고 행동해야 했다. 오늘 넘어져도 내일은 일어나서 뭐라도 해야 했다.

나를 바라보고 있는 아이의 눈을 믿기로 했다. 그 눈에는 한 치의 의심도 없었다. 엄마 안에 있는 사랑을 일깨워 주러 내가 왔노라고. 엄마는 무엇이든 할 수 있는 사람이고. 그 안에도 빛나는 보석이 숨 쉬고 있으니 나를 믿고 한 번 살아 보라고. 아이는 이미 나를 굳게 믿고. 사랑하고 있었다.

하지만 스스로 당당해지려면. 나 또한 어둠을 내 손으로 걷어내야 했다. 누가 준 어둠이 아니라 스스로 증폭시킨 어둠이라는 것을 인정했다. 외부의 환경이 중요한 것이 아니라 내가 나를 바라보는 시선이 중요하다는 것을 깨달았다. 그래서 다짐한 그 순간부터는 나를 미워하지 않고 사랑하는 것이 삶의 목표가 되었다. 어쨌든 세상에 내어놓은 아이를 끝까지 책임져야 하니까. 어른이 되어서 마냥 아이의 사랑을 받고만 있을 수는 없으므로. 그렇게 무라도 자르는 심정으로 칼을 뽑아 들었다. 처음부터 예리하게 그 어둠들을 잘라낼 수는 없었지만. 지금도 꾸준히 그 칼날을 연마하고 있다. 언젠가 저 깊은 곳에 자리한 어둠의 마지막 한 자락마저 잘라낼 수 있을 때까지.

지금도 나는 생각한다. 그 누구도 나를 변화시킬 수는 없었을 것이라고. 아무도 나를 일으킬 수는 없었을 거라고. 그 존재가 나의 아이이기에. 내 책임으로 태어난 아이들이기에 그들을 차마 돌아설 수 없으니 빛으로 살아 보려고 마음을 고쳐먹게 되었다. 나의 어둠을 함부로 전염시키지 않을 것을 매일 밤. 매일 아침 다짐한다. 그 어둠이 내가 가진 전부가 아니라는 것을 상기한다. 그 칠흑 같은 어둠은 언제고 나를 찾아와 옥죄기도 하지만. 이제는 그것을 받아들일지 거부할지 선택할 권리가 내게 있다는 것을 안다. 나를 미워하기보다 아이들을 사랑하는 것에 더 많은 에너지를 쏟으며 살 것이다. 처음으로 밝은 빛이 나를 비춘다는 사실을 깨달았다. 나는 드디어 땅 위에 두 발을 딛고 섰다. 이젠 뒤도 돌아보지 않고 앞을 향해 걸어나갈 것이다. 아이들이 준 새 삶을 내 힘으로 선택하며 살아갈 것이다.

선생님의 선생님

세상을 모험하기 좋아하는 젊은 엄마 이한나

　어렸을 때부터 나는 선생님에 대한 운이 굉장히 좋았다. 대부분 내가 만났던 선생님들은 좋은 분들이셨고 선생님마다 서로 다른 성향이 있으셨기에 나에게 다른 가르침을 주셨지만. 그분들을 경험하며 든 공통적인 생각은 '나도 선생님이 되고 싶다.'였다.

　초등학교 3학년 때 담임선생님은 수줍음이 많던 내 속의 잠재력을 이끌어주신 분이셨다. 학급의 일을 도맡아 할 때 적극적으로 지지해 주셨기에 주어진 일을 자신 있게 해낼 수 있었다. 특히 학년 말 학예발표회 때 무대 위 중요한 위치에서 공연하는 기회를 주셨는데 굉장히 귀한 경험이 되었다. 10년 후 성인이 되어 선생님께 어렵게 연락이 닿아 4시간 거리의 부산까지 가서 뵌 적이 있지만. 다시 연락이 끊기게 되어 한 번씩 생각나는 분이다.

　중학교 3학년 때 담임선생님은 우리 엄마보다도 젊으신 분이셨지만 정말 엄마 같다는 생각이 많이 들었다. 자식들이 어긋나는 행동을 하더라도 '그래도 내 새끼인데 잘돼야 한다.'라며 보듬어 주셨다. 학급 내의 많은 친구가 자매처럼 서로 잘 지내라고 어찌나 사랑으로 품어주셨는지 특별히 서로 간의 미움이나 다툼이 크게 없었던 화목한 분위기가 아직도 생생하다.

　고등학교 1학년 때 담임선생님은 영어 선생님이셨는데. 그 당시 나는 어리석게도 교사로서 매너리즘에 빠지기 쉬운 과목 중 하나가 영어라고 생각했었다. 하지만 선생님께서는 오히려 영어는 외국어이기 때문에 계속해서 공부하지 않으면 안 된다고 하셨다. 야간자율학습시간에도 꼭 교실 앞문 쪽에 앉으셔서 학생보다 더 열심히 공부하는 뒷모습을 보여주셨기에 학생들이 허튼짓하기란 매우 어려웠다. 교무실에서도 쉬는 시간까지 끊임없이 공부하시는 모습에 자극을 받아 학교에 다닌 12년 중에 고1 때 가장 열심히 공부했던 기억이 난다.

고등학교 2학년 때 세계 지리 과목을 선택하여 들을 때는 모든 것이 좋았다. 과목에서 학습하는 내용도 좋았고 선생님의 열정적인 수업도 정말 좋았다. 우리나라에서는 역사 왜곡의 피해를 겪고 있어서인지 역사를 더 중요시하는 경향이 있어서 지리의 중요성에 대한 교육이 잘 이루어지지 않는 편이다. 세계지리 선생님께서는 우리가 살아가는데 '지리적 사고'가 꼭 필요함을 이론과 함께 수많은 사회 현상들을 실시간으로 연관 지어 설명하셨다. 그야말로 생생한 삶을 배우게 되니 선생님의 농담 한마디도 모조리 기억하는 지경에 이를 정도로 바람직한 학생이 될 수밖에 없었다.

하고 싶은 일이 정말 많았던 호기심 가득한 소녀는 지리교육과에 진학하였고 지금은 교사와 주부의 삶을 넘나들고 있다. 선생님들께 받았던 가르침으로 교사가 된 나는 학생들이 무엇을 하든지 '네가 어떻게 하겠니?'라는 생각보다 지지해 주고 싶은 생각이 크다. 학생들이 어긋나지 않도록 보듬어 주는 교사가 되고 싶다. 말로 잔소리하는 교사가 되기보단 내가 먼저 찾아보며 탐구하는 교사가 되고 싶다. 진정한 공부는 '생각하는 힘을 기르는 것'이라 생각하기에. 배움을 통해 우리의 삶 자체인 사회를 다양한 시각으로 바라볼 수 있도록 가르치고 싶다. 나에게서 지지. 포용. 모범. 열정의 모습이 나타남을 학생들을 통해 알게 되었을 때 굉장히 보람된다. 귀한 가르침을 주신 네 분의 선생님들을 만난 건 정말 큰 행운이었다.

엄마라고 불러주는 존재

세상을 모험하기 좋아하는 젊은 엄마　이한나

　엄마는 아무나 되는 게 아니라고 생각했다. 그런데 나는 왜 엄마가 되었을까? 이 세상에 여자로 태어나 누릴 수 있는 특권 중의 하나가 아이를 품고 낳는 출산의 과정을 겪는 일이라고 생각했다. 그렇다고 내가 엄마가 될 자격이 주어진 것도 아니었고 완벽한 엄마가 될 자신이 있었던 것도 아니었지만 '그 특권을 누리고 싶었다'가 맞는 표현일 것 같다.

　친구들과 달리 그 특권을 빨리 누리게 되어서인지 모든 상황이 상상인 것만 같았고 실감이 나지 않은 적도 많았다. 뱃속에 큰아이가 자리를 잡고 자라며 발길질을 해댈 때도 나 혼자만이 느낄 수 있는 감각이기에 긴가민가하기도 했다. 혼자 있을 때 발길질을 해대면 누워서 배를 유심히 살펴본 적도 있고 신기해서 동영상을 촬영해두기도 했다. 아이가 세상 밖으로 나오겠다고 신호를 보낼 때도 실감이 나지 않아 그냥 멍한 채로 통증에 따라 움직였다. 모성애를 가지고 '엄마로서의 준비가 잘 되었다'라기 보다는 얼떨결에 엄마가 되었다.

　병원과 조리원에서의 생활을 마치고 집으로 돌아오는 길은 걸어서 5분 정도의 거리였다. 같이 사는 남자가 아이를 안고 아이가 세상의 소리와 공기에 놀랄세라 천천히 조심 또 조심하며 걸어오는데 어찌나 멀게만 느껴지던지. 집으로 돌아와서는 아이를 떨어트리진 않을까 조마조마했다. 이렇게 시작된 배려는 아이와 함께하는 거의 모든 순간에 나타났다. 쪼끄마한 아이가 배가 고픈 건지. 졸린 건지. 어디가 불편한 건지 몰라 우왕좌왕 분주하게 움직이기 바빴다. 잠을 못 자서 피곤해도 아이는 재웠다. 씻지 못해 냄새가 나도 아이는 하루 한 번은 꼭 제대로 씻겼다. 끼니를 거른 줄도 모르고 시간이 지나 배에서 밥을 달라고 난리여도 아이는 굶기지 않았다. 내 책이 보고 싶어도 아이에게는 목이 터지라고 책을 읽어줬다. 액션 영화가 보고 싶어도 아이가 좋아하는 공주영화나 공룡영화를 수도 없이 같이 봤다.

많은 시간이 흐르고 어느 날 발견한 나는 결혼 전보다 건강한 사람이 되어 있었다. 몸이 아니라 정신이 말이다. 결혼 전 불편한 캔버스화를 신고도 한라산에 거침없이 등반하던 모습은 사라지고 저질 체력이 되었다. 지금은 계단을 조금만 올라도 헉헉대기 바쁘고 조금만 무리하면 근육통이 피로회복제 광고 속 곰처럼 날 따라다녔다. 하지만 엄마가 되기 전 철저하게 내 중심으로 세상을 바라보고 나만 생각하는 이기적인 사람이 아니라 상대방의 마음을 한 번 더 생각하고 행동하는 배려하는 마음을 가지게 되었다. 체력만큼은 건강하지 못하게 변했지만. 정신만큼은 더욱더 건강하게 되다니! 뭐라도 좋아져서 참 다행이다.

운전할 때 성격 급한 나는 빨리 가려고 나 편한 대로 차선을 마구 바꾸거나 끼어들 틈조차도 잘 내어주지 않는 사람이었다. 하지만 지금은 여전히 성격이 급하긴 하지만 누군가 끼어들려고 하는 것을 먼저 눈치 채고. 깜빡이를 켜지 않아도 공간을 내어주기도 한다. 또 의도치 않게 아이의 마음을 읽어주는 훈련을 하다 보니 나의 감정에 솔직해져서 감정에 대한 표현을 더 잘할 수 있게 되었다. 나를 속이면 결국엔 타인도 속이는 것이기에 관계를 맺는 데 진실함으로 다가가 두터운 관계를 만들어간다. 긍정적인 변화를 만들어 내서 나를 인간답게 만들어 준 것은 바로 우리 아이들이다.

귀요미~ 새싹이~ 엄마를 진정한 어른으로 만들어줘서 고마워!

내 인생에 가장 고마운 한 사람

늘 웃음과 친구 하고 싶은 사람 정연홍

이 말을 듣는 순간 사위 생각이 나면서 지나온 날들이 한 편의 영화같이 머리를 스치며 지나간다. 몸과 마음이 힘들고 지쳐 있을 때 정말로 큰 힘이 되어 준 사람. 자식보다 더 큰 힘이 되어 준 사람은. 바로 나의 사위 이동기이다.

나는 표현하는 것도 서툴고 내색도 못 하지만 따뜻한 마음으로 늘 가슴에 간직하고 있다. 다른 사람들은 새 달력을 걸고 새해에는…. 하면서 부푼 꿈을 꾸는데 내 마음에는 큰 바위가 짓눌려 숨이 쉬어지지 않는 답답함과 아무 희망이 없는 어두움만이 있었다. 어떻게 해야 할까 묻고 또 물어도 답이 나오지 않아서 성인이 된 아이들에게 내 마음을 전하니 자식들은 선뜻 대답하지 않는 것이다. 이 나이에 앞으로 무엇을 어떻게 할 거냐는 것이다.

나는 생각에 생각을 거듭하고 나 자신에게 묻고 또 묻고 하면서 아이들은 힘이 되어 주겠지 하며 기대를 했다. 반신반의했지만 돌아온 대답은 끝없는 낭떠러지기로 떨어져서 깊은 수렁에 빠지는 느낌을 들게 했다. 긴 시간이 흐른 뒤에 사위가 의견을 말해 주었다. 장모님이 그렇게 마음이 힘들다고 하시니 우리가 힘이 되어드리자… 여태까지 자식들을 생각해서 참으셨다. 큰마음 먹고 이야기하신 건데 힘이 되어드리지 못한다면 실망과 절망 그 어디에도 비교가 안 되니 성인이 된 자식들이 용기를 드리자… 사위의 말 한 마디가 나에게는 세상을 다 가진 기분을 느끼게 했다.

정말로 큰 버팀목이 되어 주었다. 사위의 말에 아이들도 고개를 끄덕여줘서 삼십여 년 살던 내 인생을 다 내려놓고 다시 시작하기로 마음먹고 집을 나오게 되었다. 아무것도 없이 빈손으로 세상과의 싸움이 시작 되었다. 몇 시간 후면 당장 내 몸 하나 누울 자리도 없고 어떻게 보내야 할지 막막 그 자체였다. 사위와 같이 차를 타고 다니면서 캄캄한 밤이 되어서야 지낼만한 여관을 구했다. 나는 지금도 그 동네가 어디인지 기억이 안 나지만 시내버스도 없는 먼 곳이었다. 그곳을 사위는 사흘이 멀다고 와서 필요한 것은 없는지, 불편하지는 않은지 묻고 또 묻고 하면서 챙겨 주었다.

눈도 없어 보이지도 않고, 발도 없어 걷지도 못하는데 시간이 지나니 세상과 부딪히면서 살아야 한다는 생각이 들었다. 방을 하나 얻고 나니 산이 하나 또 생겼다. 돈을 벌어야 하는데 할 줄 아는 게 없었다. 아침에 일어나서 밖에 나오면 바쁘게 지나가는 사람을 부러운 마음으로 쳐다보다가 힘없이 오곤 했다. 하루는 다니다 보니 인력사무소라는 간판이 있어서 들어가 일할 곳이 있냐고 물었다. 아저씨가 한참을 생각하시더니 호박밭에 가서 일해보겠냐고 했다. 무조건 하겠다고 하고 다음 날 일을 하고 집에 왔는데 너무 힘들어서 밥은 안 먹고 누워서 땅콩만 먹으면서 못하겠다는 생각을 하고 잤다. 일어나 보니 갈 곳이라고는 호박밭뿐이었다. 일할 때는 내일은 아니야… 하고 눈뜨면 갔다. 며칠 일 한 돈 받으러 갔더니 돈을 주면서 인력 소개비 안 받고 다 준다는 것이다.

방을 하나 얻어서 지내고 있는데 살림은 우습지만, 마음만은 세상을 다 가진 부자였다. 그런데 사위는 마음이 편치 않아서 안 되겠다 하며 딸에게 가서 모셔오자고 먼저 나서서 재촉했다면서 밤에 딸과 함께 와서 옷 몇 가지를 챙기더니 집으로 가자는 것이다. 사위가 딸에게는 본가에 가서는 장모님 와 계신다는 말이나 내색을 하지 말라는 말까지 했다고 한다. 집이 넓은 것도 아니다. 아파트 18평에 거실은 없고 방 두 개. 거짓말 조금 보태면 문을 동시에 열면 이마가 부딪힐 정도다. 사위가 불편했을 텐데 눈곱만큼도 그런 내색 하지 않고 오히려 내가 불편할까 봐 신경을 써 주었다.

그렇게 일 년을 넘게 살다가 독립을 했다. 딸 내복 사 올 때 내 것도 같이 사 오고, 계절에 맞추어 봄 잠바, 겨울에는 속에 털 있는 반코트를 사 왔다. 입을 때마다 웃으면서 주던 모습이 생각나고 정이 들어서 가장 애착이 가는 옷들이다. 또 몇 년 전에는 내 생일 선물로 좋은 가방을 사주었는데 이런 자리 저런 자리 가리고 나니. 들고 나가서 자랑할 곳이 별로 없어서 가끔 방에서 들고 폼 좀 잡아 보면서 나 혼자 웃어 본다.

작년에는 칠순이라고 집에서 칠순 상도 차려주고, 내 이름 석 자가 새겨진 하나밖에 없는 시계는 나의 손목에서 시간을 잘 가르쳐 주고 있다. 내 인생에 꽃이 활짝 피기까지 고마운 한 사람. 바로 내 사위가 응원해 준 덕에 힘과 용기를 얻었다. 사위 덕분에 걸어와서 뒤돌아보니 모든 길이 꽃길이 되었다.

내 인생에 핀 네 잎 클로버

보드게임으로 즐겁게 소통하는 탁영란

첫 번째 잎.

큰아들이 태어났다. 처음 엄마가 된 기념으로 톡톡히 힘든 시간이 되었다. 임신중독이 심해서 다리는 코끼리 다리처럼 퉁퉁 붓고, 몸무게는 20kg이 쪘다. 출산 예정일보다 양수가 일찍 터지는 바람에 병원에 새벽부터 갔고 24시간 안에 아이를 낳아야 하므로 심한 진통을 겪었다. 결국, 수술대에 올라 진통하는 가운데 수술했다. 깨어나는 순간 몸이 너무 아팠다. 큰아이를 보았는데 코 옆에 점이 하나 있었고 머리는 고깔모자를 쓴 것 같이 뾰족했다. 이상한 나라에 외계인 같은… 이 아이는 누구지?

내가 상상하고 기대했던 예쁜 아기의 모습과 정반대였다. 순간 너무 놀라고 당황스러웠다. 하지만 하루하루 지나면서 모든 모습이 제자리를 찾아가며 예쁜 아기의 모습이 되었다. 큰아이가 커가면서 많은 힘든 일들이 있었지만 이젠 어엿한 대학생이 되어 지금은 군대 갈 날을 기다리고 있다.

두 번째 잎.

큰아이 때문에 너무 힘들어서 하나만 잘 키우자고 했던 마음이 시간이 지나면서 희미해지고 다시 새 생명의 소망이 피어났다. 둘째는 임신했을 때도 붓지 않았고 출산할 때도 힘들지 않았다. 그래서인지 더욱 예쁘고 사랑스러웠다. 산후조리원에서 꽃미남으로 불리면서 거기서도 많은 엄마의 사랑을 받았다. 큰아들도 동생이 예쁜지 직접 분유를 먹여주기도 했다. 딸이 없는 나에게 다정다감하게 늘 챙겨주는 이쁜 아들. 힘든 일과를 마치고 돌아오면

정류장까지 마중을 나오고 가방도 들어주는 자상한 둘째 아들. 나의 얼굴을 보면서 내 마음을 알아주고 따뜻한 차 한 잔을 타주는 마음이 따뜻한 둘째 아들. 지금 한창 사춘기일 텐데 아직은 많이 힘들지 않게 한다. 이대로 잘 자라주었으면….

세 번째 잎.

아들이 둘이나 있는 나에게 또다시 사랑의 잎이 피어나고 새 생명이 태어났다. 여러 가지 너무 힘든 시기에 태어나서 많은 신경을 못 써주었다. 일하느라 바빠서 형들과 있던 시간이 많아서인지 막내아들은 무슨 일이 생기면 나보다는 형들에게 물어보고 형들과 함께하려 한다. 자기 주관이 뚜렷하고 고집이 세서 가끔 힘들게 할 때가 있다. 그런 모습이 어느 땐 냉정하게 보이기도 한다. 이제 중2. 힘들고 어려운 시기를 지내고 있다. 나도 감정 조절을 잘하고 막내도 감정조절을 잘해서 서로에게 상처가 되는 말을 하지 않고 잘 지내기를 바란다.

네 번째 잎.

20년을 살면서 많이 웃고, 많이 울고, 많이 화내고, 많이 포기한 이 세월. 그러면서 나는 너무 강해지고 있다. 몇 번 헤어질 순간도 있었지만 그럴 때마다 세 아이를 보면서 참고 지내왔다. 그동안 잘 참고 살아온 나에게 칭찬을 해주고 싶다. 이제는 어떠한 일에도 웃음으로 넘길 수 있는 지혜와 여유로움이 생겼다.

내 인생에 찾아와 내 마음에 자리 잡은 네 잎 클로버. 앞으로의 삶은 지금 모습처럼 희로애락을 느끼며 행복하게 살아가고 싶다. 나를 성장시킨 네 잎 클로버 사랑합니다.

내 삶을 인도하는 신호등

행복을 지으며 사는 행복경영연구소 대표 홍현정

건강한 정신력을 길러 주신 울 엄마

새벽 4시 반. 어김없이 여동생과 내가 자고 있는 방문이 열린다. 엄마다. 자고 있는 내 머리에 손을 얹고 기도하신다. "선물로 주신 딸에게 지혜와 명철을 주시고 지혜로운 사람으로 살아가도록 하시고 늘 곁에서 지켜주세요." 라고. 잠결에 어렴풋이 들려오는 엄마의 목소리. 기도 내용이 지금도 생생하다. 어떤 날은 기도 소리에 잠을 깨기도 하지만 그냥 눈 감고 있던 적도 여러 번 있다.

결혼 후 퇴근하면서 운전하는 내내 엄마랑 통화하면 늘 지지와 격려를 해 주셨다. 그 말씀에 힘이 나고 용기가 났다. 엄마와의 통화는 즐거웠다. 그런 지지자가 어느 날 갑자기 내 곁을 떠나셨다. 벚꽃이 흐드러지게 활짝 폈던 계절이다. 이틀 전 같이 오리 누룽지 백숙을 맛있게 드셨던 분이다. 살아오면서 정감있게 인간관계를 잘하시고 주변인들과 좋은 관계를 유지하시던 울 엄마는 천국으로 가시는 길도 깔끔하셨다. 슬픔에 젖은 나는 몇 달간 아무것도 할 수 없었다. 무의식적으로 엄마 휴대전화 번호를 누르다가 펑펑 울곤 했다.

올해로 엄마가 가신 지 6년째 되는 봄이 왔다. 벚꽃이 피면 엄마 생각이 난다. 꽃처럼 예쁘게 인생을 살다가 가신 울 엄마. 엄마는 하고자 하신 뜻을 이루는 분이다. 77세 때부터 성경낭독을 12번 하셨다. 처음에는 6개월 걸리던 것이 다음번에 4개월 걸리고 이후는 2개월에 일독씩 하셨다. 대단하셨다. 가족들 모두 감동과 놀라움으로 손뼉 쳐 드렸다. 나의 건강한 정신력은 엄마로부터 배웠다. 어렵고 힘들 때마다 긍정적인 메시지로 나를 바로 잡을 수 있었던 것도 엄마에게 배우고 학습된 것이다. 내가 자녀를 낳고 키우다 보니 엄마가 대단한 분이라는 걸 많이 느꼈다. 긴 세월 동안 나를 세워준 것은 나를 사랑하는 엄마의 한마디 한마디였다.

"넌 잘하고 있어! 넌 할 수 있어! 넌 뭘 해도 잘 돼! 너를 보면 나도 힘이 나!"

건강한 체력을 위한 운동습관 갖게 해 준 큰아들, 아버지, 내 친구

큰아들이 중학생 때였다. 운동에 관심 없어 보이던 아들인데 어느날 학원에 다녀와 늦은 밤에 줄넘기를 시작했다. 잠시 나가서 줄넘기하고 땀에 푹 젖어 들어와 샤워하고 학원 숙제를 했다. 며칠 하다 그만두리라 생각했다. 그런데 아들은 밤 줄넘기를 멈추지 않고 계속했다. 동글동글하던 얼굴과 몸에 군살이 다 없어졌다. 아이의 교복이 헐렁해졌다. 줄넘기 얘길 했더니 담임선생님도 깜짝 놀라신다. 의지와 끈기가 대단하다고 칭찬하셨다. 뭘 해도 잘할 거라 말씀하셨다.

아파트 옆 동에 사는 친구도 큰아들 따라 하겠다고 줄넘기를 들고 나왔다. 과학고 준비로 시간이 없었기에 늦은 밤 잠시 하는 줄넘기는 딱 좋았다. 그 친구는 일주일 버티고 700개까지 늘리고 두 손 들었다. 울 아이는 3000개를 단시간에 하고 들어왔다. 그동안 쌓인 실력이 3000개까지 해도 무리가 되지 않았다. 나도 아들 따라 줄넘기하겠다고 나섰다가 한 번에 150개하고 숨차서 겨우겨우 200개까지 늘리다가 포기했다. 아들이 존경스럽기까지 했다. 이후 아들은 대학 다니면서도 헬스를 꾸준히 했다. 운동을 열심히 하는 이유는 맛있는 것을 마음껏 먹기 위해서라고 했다. 술 담배를 안 하기 때문인지 미식가다. 내게도 운동하는 법을 잘 알려주었다. 아들을 보면서 꾸준한 운동이 몸 관리에 중요하다는 걸 보며 깨달았다. 나도 아들처럼 몸 관리를 잘하고 싶어졌다. 쉽지 않았다. 자기 스스로를 이겨내야 하는 것이다. 외국에 있어서 못 보니 너무 보고싶은 아들이다.

엄마가 돌아가시고 아버지가 자기관리를 잘하실 거라고는 생각 못 했다. 사업을 하셨던 아버지는 긍정적이고 많이 웃으시며 돼지고기 김치찌개를 아주 맛있게 끓일 줄 아는 분이다. 큰올케가 아버님 식당 하셔도 잘 될 것 같다고 칭찬도 많이 했다. 식성 좋으신 분이 갑자기 아내를 잃고 식사를 제대로 못 하시니 몇 개월 만에 살이 12㎏이나 빠졌다. 아버지를 보면 마음이 아프다. 회전근개 문제로 어깨가 아파 병원 다니며 치료받으시더니 운동을 열심히 하신다.

아침에 눈 뜨면 스트레칭을 기본 30분간 하고 낮에는 3~4㎞를 매일 걸으신다. 스트레칭을 한 날과 안 한 날 다리 컨디션 차이가 난다고 하셨다. 코로나로 노인정도 못 가시고 친구분들 못 만나시니 외로움이 짙어질까 봐 많은 걱정이 되었다. 전화도 매일 드렸다. 그러다 보니 엄마와 통화할 때처럼 아버지와 할 얘기가 점점 늘어났다. 예전 같으면 2~3분 통화로 끝났을 텐데 2시간 넘게 한 적도 여러 번 있다.

나는 아버지가 하시는 운동과 드시는 음식에 관심이 많다. 나와의 통화로 아내 잃은 슬픈 마음을 위로받았다고 하셨다. 엄마와 성품이 비슷한 나와의 통화가 아버지에겐 위로가 되었다. 아버지는 올해 87세다. 노인성 고혈

압. 당뇨 같은 것이 전혀 없다. 아버지를 보면서 드시는 음식과 운동의 중요성을 알게 되고 나도 그렇게 실천하고 있다. 도라지. 두부. 콩. 고구마. 마늘. 새우젓. 양파. 멸치. 과일 등이 주로 드시는 것이고 생선과 고기도 잘 드신다. 그리고 매일 사진 속의 엄마와 대화를 하신다. 아버지의 건강 비결이다.

몇 년 전 이석증을 경험한 나는 건강에 관심이 많다. 하는 일도 줄이고 스트레스 덜 받으려고 노력한다. 코로나로 주변 선배나 친구가 회사 경영하다가 스트레스로 몸이 상하는 걸 봤다. 나도 스트레스가 많았고 컴퓨터 앞에서 안 좋은 자세로 오랫동안 앉아 있었기에 거북목이 되었고 삐딱한 자세로 있으니 자세가 안 좋아졌다.

윤진이는 운동을 열심히 하는 친구다. 비가 오나 눈이 오나 꼭 운동을 한다. 스트레칭과 스쿼트. 덤벨. 아령. 짐볼. 골프 등 다양하게 잘한다. 사업하면서 운동하기 힘든 날에도 시간을 만들어 운동을 한다. 근테크 해서 나이 들어도 건강하게 살고 싶기 때문이라고 했다. 맞는 말이다. 운동을 지속적으로 하지 못하는 나에게 운동하고 싶은 마음을 심어줬다. 의자에 앉으면 어느새 구부정해져 자세가 안 좋았던 내게 바른 자세를 갖도록 많이 알려줬다. 내가 점점 윤진이를 닮아 운동을 잘한다. 운동이 즐거워졌다.

척추가 조금씩 바르게 되니 일 년에 몇 번씩 생기던 요통이 없어졌다. 친구 덕분에 바른 자세를 갖게 되었다. 굽었던 자세를 바로잡는 데 5년이나 걸렸다. 잘못된 습관이 체형을 망가지게 하고 되돌리려면 긴 시간이 필요한 걸 깨달았다. 정신건강. 육체 건강. 마음 건강을 최고로 삼기에 사랑하는 사람들과 감사하며 건강하고 행복하게 살고 싶다.

어둠에서 빛의 나라로

엄마인 것 하나로 내 삶의 이유는 충분한   동 임

 빛이 쏟아져 들어온다. 어슴푸레한 1층과 2층으로 가득 찬 사람들의 시선이 한꺼번에 뜨겁게 쏟아진다. 자기의 인생을 쏟아 내기라도 하듯. 뿜어져 나오는 노래는 마치 살아 있는 생명체처럼 사람들의 심장 속으로 깊게 파고 들어가 자리를 잡고 앉았다.

 스포트라이트 앞에서 쏟아지는 박수와 꽃다발. 여러 테이블에서 보내온 팁과 음료수를 받으며 기타를 들고 무대를 내려올 때 사람들은 큰소리로 외쳤다.
 "앵콜!"
 "앵콜, 앵콜!!!"
 조그만 소녀는 다시 무대의 의자에 앉아 그들의 환호에 입맞춤하듯 사랑과 진심을 담아 다시 한 곡을 선사했다. 그래, 분명히 선사했고 그들로부터 뜨거운 사랑을 받았다.

 공연을 마치고 집으로 돌아가는 어둑한 길은 걸어서 10분이면 충분하다. 그날은 유난히 가을바람과 낙엽이 아름다운 날이었다. 그런데 왜 이리 외롭고 고독하고 허무하단 말인가… 이보다 더 큰 인기를 무엇으로 확인할 수 있을까? 그런데 세상이 끝나기라도 한 것처럼 허무하고 또 허무했다.

 봄비가 내리던 어느 날이었다. 일주일 넘게 몸살감기를 앓으며 독한 약을 먹어도 몸이 좋아지질 않았다. 무겁게 느껴지는 몸을 일으켜 병원에 갔다. 뜻밖에 임신했다는 소식을 들었다. 부모가 된다는 것을 미처 생각하지 못하고 있었기에 어찌해야 할지 설렘과 두려움이 동시에 밀려왔다. 커피숍에서 임신 소식을 전했다. 약을 많이 먹었으니 기형아가 태어날 수 있다며 아이를 지우자는 말을 들었다. 내 안에서 무언가가 울컥 올라왔다. 아기를 반갑게 맞이해 주지 않는 것에 대한 서운함이었다.

아기를 낳기로 하고 난 후에 기형아 검사도 하지 않았다. 설사 기형아라할지라도 낳을 작정이었다. 만삭이 된 어느 날 아침, 일찍 잠에서 깨어났다. 목욕을 가볍게 마치고 나서 홍시를 한 입 베어 물며 말했다.
"나, 오늘 아기 낳을 거 같아."

면회는 하루에 한 번밖에 되지 않는 대학병원 분만실에서 24시간 진통을했다. 아기가 태어났을 때 난 아기의 손가락과 발가락부터 보았다. 아기는 아무런 이상 없이 건강하게 태어났다. 아기가 있는 곳에 가서 창 너머로 아기를 보았다. 큰 눈망울의 예쁜 아가가 감싸져 누워있었다.

나는 아기를 통해 엄마가 되었다. 정말 신기한 건 아기를 낳은 후 나의 깊은 외로움과 고독, 그리고 허무함이 사라졌다는 것이다. 아기는 나와 생명의 끈이 연결되어있었고 나는 언제나 아이와 함께였다.

그 아이가 지금 25살. 아름다운 여인이 되었다.
여전히 사랑하고 행복하다.

오늘 아침을 바꾼 사람 바로 나

한 부모 가장의 당당한 1인 기업 행복생활연구소대표 **양서연**

아침에 서서히 눈을 뜬다. 햇살이 창문에 드리우고 따뜻한 침대가 더욱 포근하게 느껴질 때 매일 아침 듣는 명상음악이 들린다. 하루를 이처럼 화창하게 시작할 수 있음에 감사하며 나의 멋진 미래를 상상해본다. 이처럼 긍정적인 아침을 맞이한 것은 사실 몇 년 안 되었다.

어렸을 적 우리 집이 부유하여 원하는 것을 마음대로 사고 돈 걱정 없이 지내는 동안에도 나는 항상 불만이 많은 아이였다. 아버지, 어머니, 동생, 나 4명뿐인데 이렇게 네 명이 함께 단란하게 식사했던 기억이 없다. 가족끼리 동네 공원도 함께 간 적이 없었다. 어둡고 조용한 집에 가면 항상 우울해졌다. 아침에 일어나면 도대체 내가 왜 일어나야 하는지, 학교는 왜 가야 하는지 이유를 몰랐다. 그래도 남들 다 가는 학교니까 아침 6시에 버스를 타고 등교하면 자율학습 끝나고 밤 11시 넘어서야 집에 왔다. 정말 재미없는 일상의 연속이었다.

대학에서 철학을 전공하면서 드디어 삶의 즐거움이 느껴졌다. 대가들의 이론을 다양하게 생각해 보고 동기들과 토론하는 것이 흥미로웠다. 철학수업이 기대되어 일찍 도서관에서 책도 찾아보고 상상의 나래를 펼치며 학부생활을 하였다. '드디어 인생의 즐거움을 찾았어!'라며 행복에 빠지는 순간, 나는 다시 고난의 벽에 부딪혔다. 부모님은 이혼하셨고 아버지 사업이 부도나면서 대학교를 더는 다닐 수 없게 되었다. 다행히 어머니 소유였던 집이 있어 자취방에 있던 짐을 어머니께 보냈다. 그런데 며칠 뒤 가보니 계단에 상자째 쌓여있던 내 물건들.

"아니. 나는 왜 네 물건을 여기 보냈는지 모르겠다. 네가 알아서 살아야지 여기에 네 물건을 보내면 나보고 어쩌란 거니?"

어머니에게 문전박대 당하고부터 나는 더욱 아침이 싫었다. 나라는 존재 자체가 부담스러웠다. '왜 나는 태어났는가?' 원망마저 들었다. 이처럼 비관적이던 나였다.

그런 내가 아들. 딸을 키우는 한 부모 가장이 되고 보니 나의 존재를 부정하는 것은 곧 사랑스러운 내 아이들을 부정하게 된다는 것을 알았다. 우울하고 불행한 모습을 아이들에게 다시 물려주고 싶지 않았다. 나를 변화시키자고 다짐을 하였다. 긍정적인 마인드로 바꾸고자 관련 서적도 읽어보고 강연도 들으며 긍정 확언. 긍정 마인드 셋. 강점혁명. 행복 사고법 등 나를 스스로 일으키기 위한 셀프리더십으로 무장하기 시작했다. 특히 빅터 프랭클의 저서에서 큰 영감을 받았다.

"사람이 자기 운명과 그에 따르는 시련을 받아들이는 과정, 다시 말해 십자가를 짊어지고 나아가는 과정은 그 사람으로 하여금 자기 삶에 보다 깊은 의미를 부여할 수 있는 폭넓은 기회(심지어 가장 어려운 상황에서도)를 제공한다. 그 삶이 용감하고, 품위 있고, 헌신적인 것이 될수 있다. 아니면 인간으로서의 존엄성을 잃고 동물과 같은 존재가 될수도 있다." -『죽음의 수용소』 중에서 그래! 내 삶의 주체는 나이고 모든 상황은 내가 선택할 수 있다. 나는 변화했다. 더는 주변의 말과 상황에 휩쓸리지 않는다. 그저 아침에 일어나서 우리 가족이 함께 건강히 지내고 있다는 사실에 감사하며 하루를 시작한다. 얼굴에 미소가 번진다.

그래. 내일 아침도 나는 외칠 것이다. "오늘 아침은 나의 행복을 만드는 시작이다."라고.

김영희 영어 선생님,
제 이름 기억하시나요?
제자 김연화입니다

여나앤리딩톡톡 영어교실 원장 김연화

"너 이름이 뭐야?"

"네? 김연화인데요!"

"발음 좋다!"

이 대화는 24년 동안 나를 영어 교육인으로 살게 해주고 지금의 '영어여
신 여나쌤'이라는 별칭을 만들어 준 역사적인 나의 중1 영어 시간이다. 바짝
긴장한 14살 김연화와 젊디젊은 중학교 첫 영어 선생님 김영희 선생님과의
만남.

사실 그날 학교에 가는 내내 마음이 무거웠다. 나의 머릿속에는 오로지 4
월 9일이란 날짜밖에 들어 있지 않았다. 중학교 선생님들은 수업시간에 그
날짜에 해당하는 번호를 부르셔서 발표를 시키셨다.

그날은 4월 9일이었고, 내 학번은 9번이었다. 14세 김연화. 나는 발표를
정말 하기 싫어하는 아이였다. 반 친구들이 발표자를 쳐다보는 것이 무적이
나 부담스러웠다. 그날 나를 쳐다볼 친구들의 시선을 생각하니 학교가 사라
지거나, 교문이 동네 구멍가게처럼 닫았으면 하고 바랐다.

그러나 어김없이 4월 9일 1교시는 왔고. 1교시 과목은 호명을 마구마구 해대기로 유명한 김영희 선생님의 영어 시간이었다. 나는 9일은 나의 날이란 걸 앞번호 친구들의 깨지는 것을 경험으로 잘 알고 있었다. 그래서 전날 예습까지 하고 학교에 왔다.

영어 선생님은 출석을 부르자마자. 뭐가 그리 급하셨는지 번호 호명을 하셨다. 거의 동시에!

나는 쭈뼛쭈뼛 일어서서 선생님이 읽으라고 시킨 본문을 읽었다.

"Alice, Get up early, It's time to school."

정말 잊을 수 없는 문장. 세월이 23년이 지나도 아직 이 문장을 기억하고 있다. 그리고 자리에 앉으려는 순간. 선생님께서 내 이름을 물으신다.

"너 이름이 뭐야?" 순간 나의 머릿속에는 백만 가지 생각이 지나갔다.
'어디서 잘못 읽었나? 뭐가 틀렸지? 혼나는 건가?'
모기 같은 목소리로 대답했다. "김… 연… 화…입니다."

그리고 선생님 입에서 나온 그 한마디. "너 발음이 참 좋구나."

그 이후로 이상한 일들이 일어나기 시작했다. 영어 시간이 기다려졌다. 9일이라는 날짜에 영어 과목이 들어가기를 바랬다. 처음 삐뚤빼뚤 이상하게 보이던 알파벳이 음표처럼 리듬감이 느껴졌다. 그때부터 영어 공부에 박차를 가하기 시작했다. 집에 오자마자 영어 교과서를 가방에서 빼내서 읽기 시작했다. 읽고 또 읽었다. 발음이 좋다고 하니 더 잘하고 싶었다. 어느새 본문을 다 외워버렸다. 읽는 속도가 상당히 빨라졌고 발음은 더 좋아졌다. 그러다 오전 자습시간에 교내방송으로, 1학년 전교생에게 영어 교과서를 읽어주는 영광의 주인공이 되었다. 김영희 선생님의 추천이셨다. 정말 귀한 경험이었다.

선생님~ 잘 계시죠? 저 선생님 제자 김연화입니다. 선생님의 그 한마디로 저 24년째, 영어 교육인으로서 살고 있습니다. 선생님. 저도 선생님처럼 제 한마디로 학생들이 영어를 어려워하지 않게 재밌게 공부하게 힘을 실어주는 사람이 되겠습니다. 선생님 사랑합니다.

오늘, 더 보고 싶습니다.

사랑하는 고마운 나의 가족들

웃음과 감사로 신나게 재미있게 몸과 마음을 치유하고
삶의 긍정의 힘을 돕고 있는 한미정

나는 엄마이자 한 남자의 부인. 그리고 며느리이자 딸이다. 부족함 투성이인 나에게 찾아온 보석인 나의 가족들이다. 보석 같은 사람들을 보내준 하느님께 감사하다. 그래서 세상은 살만하다. 더불어 사는 세상이 얼마나 아름다운 세상인가?

사랑하는 나의 부모님. 사랑하는 나의 여보 부모님…. 너무나 고맙습니다. 지금의 저의 행복과 즐거운 인생을 살게 해준 부모님들 덕분에 우리 아이들 낳고 행복하게 살 수 있었습니다. 이 아름다운 세상을 볼 수 있고, 맛있는 음식을 먹을 수 있고, 어디든 여행할 수 있게 저희를 낳아주셔서 정말 고맙습니다. 아침에 일어나면 우리를 낳아준 부모님에게 더더욱 고맙습니다. 왜냐구요? 행복하니까요. 건강한 몸으로 일어날 수 있고, 일어나면 여보의 품이 너무 좋을 때마다 고맙습니다. 우리 지금처럼 열심히 살겠습니다. 살아생전에 저희를 보살폈던 것처럼 하늘나라에서 이쁜 모습 보면서 좋아해 주시고, 그냥 보살펴 주세요. 고맙습니다. 행복하게 잘 살겠습니다.

나의 사랑하는 엄마가 계셔서 너무 좋습니다. 엄마 고맙습니다. 엄마로 인해 제가 아이를 낳고 행복하게 잘 살고 있어요. 엄마가 요즘. 인지 능력이 떨어져 걱정이긴 하지만 건강하셔서 고맙습니다. 엄마가 계신다는 것 자체가 축복이고 기쁨입니다. 더 잘하고 자주 전화하고 찾아뵙겠습니다.

나의 사랑하는 남편은 나를 처음 본 순간부터 사랑했다고 한다. 어머니와 갑작스럽게 보따리 들고 와서 우리와 살게 되었다. 많은 힘든 시간 속에 생각해 보면 항상 같이했던 고마운 나의 여보… 갱년기로 많이 힘들었을 때도 하루에 서너 군데 병원을 같이 다녀준 고마운 나의 여보. 병원에 입원해 있을 때도 한시도 내 곁을 떠나지 않고 지켜준 나의 여보 고마워요. 25년 다니던 회사를 그만둔다고 했을 때도 허락해 준 나의 여보 고마워요. 여보가 나한테 한 만큼 보다 내가 더 여보를 사랑한다는 거 알지?

사랑하는 나의 아들딸 모두 고맙고 사랑스럽다. 나의 사랑하는 딸은 나에게 너무나 고마운 사람이자 아픈 손가락이었다. 어머니를 갑작스럽게 모시면서 아이들에게도 벼락이 떨어졌다. 늘 같이 있던 엄마가 안 보였으니 얼마나 놀랐을까? 그리고 여자여서 엄마가 겪어야만 했던 부당함을 보고 딸은 항상 내 편에 서서 집안일을 나누어서 하자고 했다. 왜 같이 맞벌이하면서 여자한테만 무거운 짐을 혼자 지어야 하는지. 왜 할머니는 자식 교육을 엄마 탓을 하는지. 가족들에게 이야기할 때마다 우리 가족은 아무도 딸의 편에 서지 않았다. 오히려 내가 못한 말을 할 때 나의 속은 시원했다. 정말 못난 엄마였다. 딸을 지켜주지 못한 무기력한 엄마여서 미안해. 딸은 호랑이 같은 할머니를 상대로 말하고 있었는데 얼마나 무서웠을까? 그땐 어렸는데… 그런데도 너무나 예쁘게 커 준 나의 사랑하는 딸. 요즘 세상을 살아가려면 뭐든지 알아야 한다고 카카오 택시 부르는 법. 카카오 자전거 타는 법. 인터넷에서 물건 사는 법 등을 알려주고 직접 해보게까지 한다. 엄마는 어려서의 딸을 지켜주지 못해 미안한데 딸은 하나라도 더 알려주려고 노력한다. 엄마가 제일 이쁘고 사랑한다는 딸. 너무나 고마운 딸. 보석인 딸을 가진 나는 행복하다. 딸! 사랑한다.

검은색 뿔테를 쓴 두 번째 소개팅 남

작가, 강연가, 유튜브 〈골디락스 새벽글밥〉 **강진아**

지혜 언니가 두 번째로 소개해준 소개팅남은 민트색 레이를 몰고 나왔다. 새 차 냄새가 났다. 얼마 전 일시불로 샀다면서 허허 웃었다. 대학원 수업이 끝나면 18나9076 민트색 레이 차가 기다리고 있었다. 나를 아르바이트 장소까지 데려다주고 떠났다. 민트색 레이를 타고 바다를 보러 갔다. 숲을 걸으러 가고, 맛집을 찾아다니고, 전망이 좋은 카페를 갔다.

민트색 레이를 타고 결혼식장을 알아봤다. 3.04kg의 첫아이를 데리고 집으로 돌아올 때도 이 차를 타고 왔다. 아이가 열이 39도까지 오르던 날, 눈물을 뚝뚝 흘리는 엄마를 태우고 응급실에 데려다주었다. 카시트에 아이를 태우고 바다를 보러 갔다. 숲을 걸으러 가고, 맛집을 찾아다니고, 전망이 좋은 카페를 갔다. 4살 된 첫아이를 처음 어린이집으로 보내던 날, 괜찮은 척 보내고 나서 하마터면 눈물이 날 뻔한 주책바가지 엄마를 숨겨준 고마운 차다. 3.02kg의 둘째 아이를 집으로 데려다주었다. 18나9076 민트색 레이의 마지막 임무였다.

500만 원을 받고 새 주인을 찾아 주었다. 중고로 차를 팔던 날, 남편은 떠나는 우리의 지난 7년을 돌아보듯 한참을 바라보았다. 나는 베란다에서 갓난쟁이 둘째를 품에 안고 있었다. 떠나는 레이 차와 그 레이 차를 바라보는 남편을 봤다.

새 차를 샀다. 지난 세월 동안 커진 우리의 사랑만큼 더 크고, 단단하고, 믿음직한 차를 샀다. 어라운드 뷰를 제공하고, 도로의 라인을 인식해서 라인을 벗어나면 삑삑 소리가 난다. 전방 후방 센서가 있어서 차간 거리를 유지하게 도와준다. 지난 7년 동안 싸우고 화해하고 또 싸우고 화해하면서 서로의 선을 넘지 않고, 서로 최소한의 거리를 유지하게 되었다. 통하는 부분이 많지만, 항상 의견이 같지는 않다. 가장 의지하지만 너는 내가 아니다.

20대 초반, 지독한 우울증에 몸이 늪에 빠진 것 같았다. 정신과 선생님이 물었다.

"오랫동안 여행을 한다고 생각해 보세요. 여행하고 돌아오면 누가 제일 먼저 공항에 마중 나와 있을 것 같아요?"

머뭇거리다가 결국 한참을 울었다. 20대 초반 나에게는 아무도 없었다. 부모님께 전화하면 분명 나오실 테지만 묘하게 망설여졌다. 좋은 친구들이 있었지만, 항상 혼자가 더 편했다. 내가 먼저 마음을 열지 않으면 아무도 나를 구원해 줄 수 없음을 이제는 안다.

아무리 길고 먼 여행을 떠난다고 하더라도 이제는 두렵지 않다. 크고, 단단하고 믿음직한 차를 타고 나를 기다리면서 허허 웃고 있을 사람이 있기 때문이다. 참 고마운 일이다. 고마운 사람이다.

진짜 행복이란?

책 놀이 선생님 & 그림책 테라피스트   김응

　너무나 행복한 표정으로 도넛을 한입 깨물어 먹던 3살짜리 딸아이를 보는 순간. 꿈의 직장이라고 생각했던 곳을 뒤도 돌아보지 않고 포기했다. 그동안 괴로웠던 마음이 한순간에 편안해지는 느낌이었다. 그동안 나는 도대체 무엇을 꿈꾸며 살았던 것일까? 내 인생에서 소중하다고 생각했던 가치들이 정말 소중했던 것일까? 이 모든 것이 와르르 무너지는 순간이었는데도 너무나도 편안한 느낌이었다.

　잔소리가 유독 심했던 친정엄마. 마주치기만 하면 퍼부어 대는 지겨운 잔소리 때문에 '난 절대 아이만 키우는 전업주부는 되지 않을 거야.'라고 생각했다. '아이를 낳아도 꼭 직장을 다닐 것이고 절대로 엄마처럼 살지 않을 거야.'라고 다짐하곤 했다. 어떤 일을 하더라도 그 분야의 프로가 되는 것이 목표였고, 어느 직장을 들어가건 최선을 다했다. 나의 꿈만 바라보느라 정작 내가 진짜 원하는 것을 모른 채 살아왔다.

　지금 생각해보면 무엇을 향해 그렇게 열심히 살았을까 생각해보게 된다. 아마 인정받고 싶어서였던 것 같다. 아이를 낳고 집에만 있으면 남편이 나를 무시할 것 같고. 집에서 편한 옷만 입고 아이를 보고 있는 내 모습은 상상만 해도 끔찍했다. 남편이 나를 안 좋아할 것 같았고 그렇게 되기 싫어했던 잔소리쟁이 친정엄마의 모습으로 살아갈 것 같았다. 그래서 첫째 아이를 낳자마자 3개월 만에 복직했고 아이는 친정엄마의 손에 맡긴 채 주말에 데려오곤 했다. 물론 내가 낳았으니까 너무나도 사랑스러운 아이였다. 하지만 주말이 되면 두렵기 시작했다. 아이를 사랑하는 마음보다 두려운 마음이 더 컸던 것 같다. 아이가 나와 지내다가 행여 다치기라도 하면 어쩌지? 내가 아이를 잘 볼 수 있을까? 난 엄마였는데도 지금 생각해보면 너무나도 엄마답지 못한 모습이었다. 아이가 빨리 크기를 바라서 재촉했고, 고집부리는 아이를 도통 이해할 수 없었다. 무엇 하나 내 마음대로 아이를 양육할 수가 없었다. 그럴수록 내 마음 한쪽에는 뭔지 모를 답답하고 힘든 감정들이 켜켜이 쌓여 갔다.

그러던 어느 날 휴가를 내게 되었고 아이와 단둘이 평일에 시간을 보내게 되었다. 평소 단 것을 좋아하는 것을 알았기에 우연히 도넛 가게에 들어가게 되었다. 아이가 나를 보며 초콜릿이 가득 묻어 있는 도넛을 사달라고 했고, 너무나도 행복한 표정으로 한입 베어 물더니 나를 향해 활짝 웃어주는 것이다. 그 순간 나는 세상 무엇과도 바꿀 수 없는 행복이라는 것을 가슴 속 깊이 느꼈다. 내가 찾아 헤매던 것이 바로 여기에 있었구나… 항상 무엇을 해도 부족하고 쫓기는 느낌이었는데 아이의 행복한 미소로 그 허전했던 마음이 단번에 꽉 채워지는 느낌이었다. 비로소 내가 있어야 할 자리가 어디인지 알게 되었다.

지금도 그 순간을 고스란히 기억한다. 내 인생을 바꾼 나의 첫사랑인 첫째 아이의 미소! 그 아이는 내가 정작 가기 두려워했던 길을 행복한 마음으로 걸어갈 수 있게 해 주었다. 지금도 그 순간에 내린 결정을 절대 후회하지 않는다.

과거로의 시간여행에서도
역시나 나는 씩씩했었어

거침없는 무한도전의 아이콘 오드리

나는 지금 보육교사 실습 중이다. 초등학교 돌봄교실이 확대됨에 따라 돌봄 교사의 채용이 늘어난다는 말에 보육교사 자격증을 취득하기로 했다. 결혼 전 공인 유도 2단, 선물포장자격을 시작으로 지문적성검사, 아동독서지도사, 아동심리지도사, 영어독서지도사, TESOL까지 아이들을 지도하기 위한 자격은 없는 것 빼곤 다 취득했다. 게다가 온라인이지만 아동학 학위를 취득하기 위해 1년째 평생교육원에서 수업을 들으며 겨울방학을 이용해 어린이집으로 실습을 나왔다. 참 분주하게도 산다. 4주, 20일간의 실습 생활은 결코 쉽지 않다.

힘든 오전 시간을 겨우 보내고선 잠시 쉴 수 있는 낮잠 시간. 아이들은 모두 자고 있다. 시간여행을 하는 여행자와 같이 실습생인 나는 이곳의 규칙과 모든 것을 간섭할 수 없다. 『방구석 시간 여행자를 위한 종횡무진 역사 가이드』에서 저자는 말한다. 시간 여행자의 철칙은 연기처럼 기간이 끝나면 사라져야 한다고. 역사와 과학을 버무려 SF로 풀어낸 시간여행 안내서에서는 시간 여행자의 가이드가 수록되어 있다. 잠이 든 것도 아니고 안 든 것도 아닌, 몽롱한 상태에서 피식하고 웃으며 시간여행을 떠났다.

40여 년 전 내가 태어났을 때는 아마도 가을이었겠지? 계절의 주기가 지금이나 42년 전이나 같으니 가을이 맞다. 태어나기 딱 좋은 선선한 날씨에 태어났으니 얼마나 온순했을꼬…. 아니…. 눕히면 울고, 눕히면 울고, 밤낮이 바뀌어서 해가 뜨면 잠이 들었다고 하는데. 믿거나 말거나다. 과거를 기억하는 흔한 오류는 기억의 재구성인데 난 분명 그랬던 기억이 없으니. 엄마의 그 당시 힘든 육아의 기억이 왜곡을 일으킨 것이 분명하다. 사실일 리가 없어….

부모님 슬하에서 평범한 일상을 보내고 장성하여 결혼했다. 이번 시간여행에서 아직까지는 난 관여한 것이 없다. 가이드를 숙지하고 여행을 떠났기 때문이다. 우리 가족들이 있는 현실로 돌아와야 하니 가이드의 숙지는 필수이다.

딱 10년 전. 내가 엄마가 되었다. 우리 엄마와 생김새도 비슷하고 솜씨도 비슷한 내가 소파에 앉아 있다. 젖먹이를 안고서 멍하게 TV를 응시하고 있다. 어디가 아픈 걸까? 말을 걸어보고 싶지만 그래선 안 되기에 나는 그냥 잠자코 기다린다. 잠시 후 외출준비를 하는 그녀를 따라 집을 나섰다. 유모차를 끌고 어디론가 씩씩하게 걷는 그녀. 전쟁이라도 참여하는 걸까? 신발끈을 동여매고 장장 2시간을 걸어서 시장으로 갔다. 시장에 들어서니 환하게 웃는다. 그곳에 뭐가 있기에 그토록 찬란하게 웃고 있는 걸까? 시장에는 활기가 있었다. 사람 사는 냄새. 웃으며 말할 수 있는 사람들. 맛있는 먹거리와 볼거리. 그녀는 한참을 돌아다니더니 커다란 쿠션을 사서 유모차 짐칸에 구겨 놓고선 다시 집으로 돌아간다. 장장 6시간의 외출이었다. 외출 후 한동안 밝았다. 지금 생각해보면 미래의 행복한 내가 응원을 나와 준 것을 아마도 그때의 내가 느낀 것 같다. 아마 지금도 저 멀리서 10년 후의 내가 시간여행을 하며 흐뭇하게 나를 보고 있겠지?

결혼 전에도, 지금도 나에게는 가족이 가장 큰 변화를 이끈 사람들이다. 지쳐 쓰러지고 싶을 때도 가족을 생각하면 힘이 불끈 솟아났다. 그 무엇과도 바꿀 수 없는 가족을 위해서 나는 지금부터 무엇을 해야 할까? 우선 내가 똑바로 서야 한다. 그러기 위해선 끊임없이 배워야 한다. 현실에 안주하지 않고 공부하는 자세로 살아가야 한다. 돌밭이라도 가꾸어야 한다. 하루아침에 기름진 밭이 되지는 않으므로 의미 없는 돌들을 하나하나 고르고 충분한 거름도 줘야 한다. 난 믿어 의심치 않는다. 내 인생의 밭이 기름이 넘쳐나는 밭이 되리라는 것을.

다시 태어나도

잉글리시 슈가로켓 대표　조은미

"미안해. 나는 아직 하고 싶은 일이 많아."

스물다섯. 결혼 앞에서 도망쳤다. 나를 딸이라고 불러주셨던 그의 부모님은 나를 있는 그대로 받아주셨다. 유복한 집안의 그를 솔직히 놓치고 싶지 않았다. 그 집에서 1년 동안 살면서 많이도 행복했고 두려웠다. 그와의 사랑을 불장난으로 생각한 적은 없었다. 꽃이 피기도 전에 금방 시들어 버릴까 봐 걱정했던 친정 식구들은 결혼을 반대했다. 내 안에 타오르는 열망은 무엇이었을까? 사랑은 아프게 끝이 났지만, 나는 이제 시작이었다. 그 무엇이 되었든 가벼운 마음으로.

사랑에 눈이 멀어 우정을 버렸다. 내 주변에는 아무도 없었다. 일에 미쳐야만 살 것 같았다. 나의 유일한 안식처가 그 때는 일이었다. 9시부터 6시까지 영어유치원에서 근무하고, 1시간 30분 동안 지하철을 탄 후 7시 30분부터 9시 30분까지 영어 과외를 했다. 돌아오는 길엔 버스를 탔다. 까만 밤거리에는 앉을 수 있는 자리가 있었으니까. 먼 거리를 돌아서 오는 길이지만 버스 엔진의 따뜻한 좌석이 좋았다. 혼자여서 기쁠 수 있다는 것. 피식 웃음이 새어 나왔다.

'이젠 누구 눈치를 볼 필요가 없어.'

멘토를 찾고 싶어도 어디서 누구를 만나야 할지 몰랐다. 밥을 거르면서 과외를 늘렸다. 주말에는 다른 아르바이트까지 했다. 생각하는 시간을 없애야 외로움을 느끼지 않을 것 같았다. 그때는 몰랐다. 내 삶에 목적이 없었다는 것을. 한 사람이 내 앞에 나타나서야 그 모든 것들이 방향을 찾아가기 시작했다. 그 사람은 내 인생 처음이었고 마지막 멘토가 될 남편이다. 남편은 내 모든 이야기를 들어준 사람이었다. 내 인생에서 가장 감사한 운명이다.

"너는 어떤 삶을 살고 싶어?"
"네가 바라는 꿈은 이루어질 거야."
"너는 충분히 잘할 수 있는 사람이야."

예전의 나로 다시 돌아갈 때가 있다. 세상을 탓하고 숨어버리고 싶을 때 나는 무작정 어둠 속으로 들어갔다. 결혼을 해서 누릴 수 있는 사치를 자꾸 잊는다. 그럴 때마다 "단 한 번도 네가 싫은 적이 없다."라고 말해주는 남편이 있었다. 뜨거운 사랑의 감정은 이미 지났지만, 은은하게 타오르는 또 다른 사랑을 그에게서 발견한다. 아이 셋을 낳아 전에는 꿈꿀 수 없었던 새 삶을 그를 통해 얻었다. 그런 그를 더 이상 아프게 하는 짓은 그만두어야겠다. 나를 위해서라도 주어진 삶을 선물처럼 살아내고 싶다.

Always look on the bright site! 싸이월드 대문에 적어두었던 문구. 그를 만나서 내 안에 밝은 면이 있음을 알게 되었다. 그 덕분에 용기를 내서 하고 싶었던 공부를 계속할 수 있었다. 말없이 지켜봐 주는 그가 있어서 책을 쓸 수 있었다. 든든한 그가 내 뒤에 있음을 알기에 방송을 할 수 있었다. 그의 희망적인 메시지에 이제 새로운 사업 앞에 서 있다. 다시 태어나도 나는 이 사람을 꼭 만날 것이다. 나도 그에게 그런 존재가 되기를 꿈꾼다.

에필로그

57명의 아이가 자라서 어른이 되었다. 그리고, 그 과정에서 함께 한 사람들이 있었다. 그들을 묵묵히 지켜봐 주고, 함께 해주고, 때론 힘들게 하기도 했던… 혼자 힘으로 여기까지 왔다고 생각했던 이들도 분명 있었을 것이다. 나도 그랬으니까… 그렇지만 글을 써 내려가며 우리들의 생각이 아주 조금은 바뀌지 않았을까 조심스럽게 생각해본다.

'내 인생을 바꾼 사람들'이라는 주제로 57명의 인연이 만났다. 부모님. 남편. 자녀. 선생님. 친구. 동료. 그리고 나 자신… 결국 내 인생을 바꾼 사람은 가까운 곳에서 나와 함께 한 사람이었음을 작가님들의 글을 통해 깨닫게 되었다.

나조차도 모르고 있었던 나의 가치를 알아봐 준 사람들을 통해 자기 수용을 넘어선 진정한 자기 사랑이 꽃피울 수 있었다. '인연'이라는 큰 흐름 안에서 존재하는 '그들' 덕분에 우리가 지금까지 존재할 수 있었고 아무리 힘들어도 아직은 살 만한 세상에서 함께 성장하고 있다.

이 책의 시작이 되어 준 이루미 작가님. 나의 부족한 부분을 채워주고 큰 힘이 되어 주신 권세연 작가님. 이 책을 더욱 가치 있게 만들어주신 도서출판 '청어'의 이영철 대표님. 방세화 편집장님과 출판사 가족들에게 깊은 감사의 인사를 전한다.

항상 같은 자리에서 한결같은 모습으로 함께해주는 남편과 아이들에게 뜨거운 감사와 사랑을 전한다.

　너무 가까이에 있어서 깊이 느끼지 못했던 사랑을 다시 깊고 진하게 느낄 수 있게 해 준 작가님들께도 진심 어린 감사의 말씀을 전한다.

독자란

내 인생을 바꾼 사람들은?

참여 후 느낌

이루미 티 안 나는 일상을 사는 주부들이 만나 서로를 소중히 여기는 마음으로 모여서 책 쓰고 강의하며 놀고 싶어 이 기획을 만들고 진행하게 되었다. 내가 좋아하는 분들이 모여 있어 내 인생을 바꿔 준 고마운 사람에 대해 글을 쓰는 과정은 뭉클하게 의미 있고 행복한 일이었다.

이윤정 작가님들에 대한 고마움에서 시작된 글쓰기를 통해 나의 삶을 찬찬히 돌아볼 수 있었다. 평범한 일상의 소중함. 나와 인연 맺은 모든 이들에 대한 감사와 깊고 뜨겁게 만났다. 많은 이들의 인생에서 이 책이 소중하고 특별하게 다가왔으면 좋겠다.

권세연 처음에 책 기획 회의를 할 때만 하더라도 주부들에게 얼마나 다양한 이야기가 있을까 기대 반, 걱정 반이었다. 그러나 완성된 원고를 봤을 때의 감동은 말로 표현할 수 없었다. 걱정을 했던 것이 민망할 정도로 주부라는 이름으로만 머물기엔 너무 아쉬운 그녀들이 세상 속으로 나와 참여할 수 있는 기회의 장이 더 많이 펼쳐지기를 진심으로 응원한다.

윤 미 아이들의 사춘기를 겪으며 고군분투했던 시간이 떠올라 뭉클했다. 아이들 덕분에 나를 돌아봐야 했고, 나를 찾는 과정을 즐기게 되었다. 깨달음을 주고 성장할 수 있는 기회를 준 아이들에게 고마움이 느껴졌다. 아이들에게 소중한 마음을 전할 수 있어 뜻 깊은 시간이었다.

양선주 새로운 시도는 늘 두려운 일이지만 아이들에게 도전하는 엄마의 모습을 보여주고 용기 내어 시작한다면 새로운 나날들의 연속임을 알려주고 싶었다. 포기하지 않고 완주한 어른의 모습을 보여줄 수 있어 뿌듯하다.

이고은 공저 프로젝트를 진행하는 과정에서 내 인생을 바꿔 준 고마운 사람을 떠올려야 했다. 주변을 둘러보니 감사한 사람이 많다는 사실에 행복했다. 평범했던 주부가 일상 속에서 감사함과 행복을 찾아 글을 쓸 수 있는 소중한 시간이었다.

전우리   이 시대를 살아가는 여성들의 이야기를 담는다는 말에 무작정 해 봐야겠다 싶었다. 근사한 필력이 없더라도, 깊은 울림이 없더라도, 그저 나와 함께 동시대를 살아가는 낯설지만 절대 낯설지 않은 이들과 글로 하나 되어 만난다는 사실이 더없이 설레는 시간이었다.

유경민   나를 위해서, 나의 아이들을 위해서. 글을 통해 남기는 나의 발자취가 나와 우리 아이들이 살아가는 데 있어 쉼표 같은 여유와 작은 용기가 될 수 있기를 바라는 마음에 참여하게 되었다. 또한, 나의 이야기가 나와 같은 누군가에게도 작은 힘이 될 수 있으면 좋겠다.

김나연   인생은 지금부터다. 지금에 충실하며 내 고구마는 내가 씻어먹자. 글은 초등학교 때 일기 쓰는 것을 끝으로 써본 적이 없는 나에게 좋은 인연들이 연결되어 내 생애 대단한 일을 하게 되었다.

윤정희   책을 읽을수록 나의 글을 쓰고 싶어졌다. 나를 드러내고 나와의 대화를 이끌어 줄 수 있는 글쓰기가 자신을 한 단계 성숙시켰다. 모든 일상이 감사하며 나를 사랑하는 법을 배우게 해주었다.

양 선   올해 하나 나의 역사를 만들어가는 것 같아서 너무 행복했다. 나 연구소 대표 태건 우경하 대표께 우선 감사드리고 제일 고생하신 이루미 작가님. 이윤정 작가님. 권세연 작가님 너무 고생 많으셨다. 이 세 분 작가님과의 인연은 올해 나의 힘이 될 것 같다.

최순덕   3040 주부들 속에서 5060 주부가 공저로 할 수 있을까? 라는 생각에 주춤했는데 응원에 힘입어 시작하게 되었다. 너무나 소중한 만남이라 여겨진다. 쓰고 싶은 사람들이 너무 많았지만, 분량의 제한이 있어 아쉬움이 있었다. 또 한편으로는 분량의 제한 때문에 마음 편하게 도전할 수 있었던 것 같아 너무 좋다. 이런 기회를 자주 가지면 좋겠다는 소망이 생긴다. 기회 주심에 감사드리고 싶다.

이주연   혼자라면 시도해보려 노력도 안 했을 것이다. '함께'라서 가능한 일이었다. 책 출판을 준비하며 여러 사람에게 선한 영향력을 주시는 분들을 존경한다. 덕분에 변한 나를 느낀다.

박주영 글 쓰는 것을 사랑하지만, 늘 어딘가에 닿지 않는 일기로 남았을 뿐이다. 많은 엄마들이 함께 모여 의미 있는 '책'을 발간한다는 소식이 반가워 참여하게 되었다. 내 글이 그 일부가 되어 누군가에게 닿는 '실물'로 남기를 바라는 마음으로 썼다. 이 책이 각자의 소중한 한 사람을 떠올리는 계기가 되기를 바란다. 그리고 이런 기회를 주신 작가님들, 함께해 준 많은 엄마들에게도 감사를 표한다.

이한나 독립적인 성향을 가지고 있어서 남들의 영향을 거의 받지 않는다고 생각했는데, 원고를 작성하며 생각해보니 긍정적인 영향을 받게 된 분들이 많았다. 소중한 분들을 다 담지 못해서 아쉬운 만큼 다른 사람들에게 선한 영향력을 끼치는 삶을 살고 싶다는 생각이 더 커졌다.

홍현정 처음 도입 부분의 막힘으로 어떻게 이야기를 시작해야 할까? 고민되었는데 시작하니 실타래 풀리듯, 할 얘기가 자꾸 떠올랐다. 신기했다. 좋아하는 사람들과 함께하는 글쓰기는 신선했다. 컴퓨터에 생긴 문제를 잘 해결해 준 둘째 아들 지후에게 고맙다는 말을 전하고 싶다. 덕분에 즐거운 마음으로 글을 쓸 수 있었고 잘 마무리되었다. 글도, 마음도 예쁜 세 분의 리더들과 함께 해서 더 행복한 시간, 소중한 경험이 되었다.

이수미 내 인생을 바꾼 사람, 감사한 사람을 떠올려 볼 수 있어서 좋았다. 글을 쓰면서 머릿속을 스쳐 지나가는 이야기들이 내 마음을 따뜻하게 했다. 일상을 여행하듯 살기 위해서는 나와 함께 걸어가는 사람을 더 살피고 안아주어야겠다는 마음이 들었다. 글을 쓰면서 많이 얻었다.

이진숙 아이는 엄마를 강사로 성장시켰고 현재도 함께 놀 수 있음에 감사하다. 함께 글을 쓰며 많은 고마운 분들이 떠올랐다. 어색해도 문자를 보내며 감사를 드려야겠다. 이 책을 함께 쓸 수 있게 기획해 준 분들에게도 감사하다.

구지혜 내 삶을 돌아보고 영향을 받은 사람을 생각했을 때 사랑하는 남편의 소중함을 깨달았다. 사랑하는 사람을 위해 내가 무엇을 할 수 있을까 고민하며 남편을 다시 한번 돌아볼 수 있었다. 내 변화에 초점을 맞추며 글을 마무리하면서 남편의 사랑이 더욱 크게 다가왔다. 그 후 사랑하는 남편과 관계가 깊어지고 회복됨을 경험하게 되었다.

김 응 많은 분과 함께 공저로 책을 낸다는 것이 너무 신기하고 새로운 경험이었다.

유유정 한 페이지 책이라도 같이 할 수 있는 곳이 있어서 너무 좋다는 생각에 무엇이든지 함께 하는 것에 감사한 마음이다. 자신의 짧은 글로 나를 성장하게 해 준 사람들을 일일이 모두 소개는 어렵지만. 현재의 나를 성장하게 해 준 사람들의 마음을 조금이나마 감사의 표시를 글로 전하고 싶었다. 함께 할 수 있는 기회가 주어져서 행복하고. 리더이신 작가님들께 감사드리며 소개해준 홍현정 대표님께 감사함을 전한다.

장유진 최고의 기획 공저에 참여하게 되다니 커다란 선물을 받은 기분이다. 글쓰기에 진심인 주부 작가님들과 함께 하며 다시 한번 '함께의 힘'을 느낄 수 있었고. 소중한 추억이 생겨 감사하다. 내 안의 열정을 발견하는 계기가 되어 더없이 좋은 시간이었다.

김나경 여기까지 나를 이끌어준 분에게 감사함을 전하고 싶고 함께하는 공저가 세상의 빛이 되길 기대한다.

오제현 나를 변화 시켜준 사람들은 많지만. 유년기와 중년기를 변화시켜준 분들에 대해 썼다. 말년기에 또 어떤 만남이 있을지 궁금해진다. 아이에게 믿음이라는 유산을 남겨주고 싶은데 먼 훗날 아이도 이런 글을 쓰고 책을 낼 수 있다면 내가 그 아이를 변화시킨 사람 중에 한 명이었으면 좋겠다. 그렇게 되길 소망해 보는 시간이 되었다.

김연화 공저의 제목이 마음에 들어 참여하게 되었다. 내 인생에서 빼놓을 수 없는 이름. 영어! 내 이름 앞에 '영어여신'이란 수식어를 달아준 내 동반자 영어! 제자들과 지인들이 영어랑 나랑 많이 닮았다고 하는데. 이렇게 찰떡궁합 영어랑 24년을 걸어가게 해 주신 감사한 선생님의 이름을 꼭 한번 불러드리고 싶었다. 이번 공저로 인하여 마음에 차곡차곡 쌓아두었던 감사한 마음을 조금이나마 꺼내게 되어 정말 행복하다. 평생 영어랑 잘 살아내 보겠습니다. 선생님 고맙습니다. 그리고 마지막으로 좋아하는 함께하는 팀원들과 함께 하여 무척 영광이고 그저 사랑한다는 말씀 올립니다.

김선영 올해 1월 1일부터 매일 3가지의 감사일기를 쓰고 있다. 하루하루 감사함을 찾기 위해 하루를 정리하는 나만의 시간을 가지며 이번 공저를 참여할 수 있는 용기가 생겼다. 나에게는 지금의 사업을 시작하고, 지속할 수 있게 도와준 우리 가족과 나를 믿어준 모든 분에게 진심의 마음을 표현하는 기회가 되어 정말 감사하다. 공저를 기획하고 이끌어주신 여러분께도 초보인 저와 함께 해 주셔서 진심으로 감사드린다.

김소영 삶과 나. 감사한 이들에 대한 마음을 다시 떠올릴 수 있어 감사합니다. 많은 감사의 글들이 모여 책이 된다는 것이 설레고 함께하게 되어 뜻깊네요. 앞으로도 글 쓰는 삶을 살고 싶어진 시간이었습니다.

김채영 이루미 작가님을 만나 햇살 독서 모임을 하고 같이 공동저서 집필도 하면서 나라는 사람의 가치를 더 알게 되었다. 막연한 나는 초라하고, 소심하고, 끈기 없는 사람이라 생각했는데 글쓰기를 하면서 나란 사람은 상처에 아파하고 미래에 확신이 없어 불안했을 뿐 절대 나약한 사람이 아니었다. 주부도 같이 성장하고 같이 글쓰기를 하며 작가로 세상 경력을 쌓을 수 있다는 걸 알게 되었다. 함께한 선물 같은 인연 모두를 사랑한다.

탁영란 한 지붕에 살고 있는 네 명의 남자들을 떠올리며 많은 일이 스쳐 지나가는 소중한 시간이 되었다. 늘 곁에 있어서 소중함을 모르고 지내온 가족들에게 내 마음을 표현할 수 있는 시간이 되어 감사하며, 나를 성장시킨 가족들을 사랑한다.

서현자 나를 돌아보는 시간이 되어서 좋았던 시간이었다. 바쁜 시간이지만 돌아보니 나를 지탱하게 해주는 사람들이 가장 가까운 곳에 있는 가족임을 깨닫게 되었다.

강연미 직장에서 만난 좋은 어른을 통해 인연을 맺게 되었다. 과거의 나와 마주하면서 그 시절의 아픔을 글로써 치유할 수 있을 것만 같다. 그 기대감이 한 페이지의 원고가 되어 이제는 작가라는 이름의 시작이 되기를….

박혜정 이솝우화 「해님과 바람」처럼 사랑이 사람을 바꾸면 그 안부터 완전히 바뀐다는 걸 알게 되었다. 글을 쓰면서 강함이 아닌 사랑의 이름으로 나를 바꿔준 아이들에게. 또 신랑에게 감사하다.

백지원 처음엔 내가 글을 쓸 수 있을까? 많이 걱정했었다. 전자책을 쓰고 바로 쓰게 된 공저이다. 원고를 넘기고 난 후 나는 생각이 변했다. 무엇이든 잘할 수 있다! 하면 된다!는 것을 피부로 느낄 수 있다. 자신감이 생기고 삶의 열정이 생겼다. 하는 일도 잘 되고 책 자랑을 했더니 좀 더 인정하고 신뢰하며 존중하는 것을 느낄 수 있다. 평범한 삶에서 비범한 삶으로 변화된 것 같다.

국성희 잠시 동안이라도 생각을 하고 느낌을 정리할 수 있어서 좋았다.

엄채영 57인의 주부들이 모여 각자의 소중한 이야기를 책으로 엮는다는 좋은 취지에 내 이야기도 함께 할 수 있어 뜻깊었다. 기억 속의 고마운 선생님을 글을 쓰며 생생히 떠올릴 수 있어서 쓰는 내내 감동스러웠다.

박금심 덕분에 내 삶에 힘과 사랑을 심어준 은인들을 더욱 깊이 기억하게 되었다. 마음이 따뜻해지는 은혜로운 시간을 갖게 되어 감사하다.

이선영 이 세상에는 감사함을 표현하고 싶은 사람들이 참 많은 것 같다. 색깔 있는 사연들로 글로써 감사함을 전하는 모습들과 글을 읽으며 평상시에도 늘 감사함을 잊지 않고 표현할 줄 아는 분들이라는 것을 느낄 수 있었다. 감성과 감정의 교류가 있는 글이 마음을 참 따뜻하게 한다.

엄일현 57명의 주부가 사랑으로 모여서 책 쓰고 강의도 할 수 있고 앞으로 더 나은 삶을 위해 더 노력할 수 있다. 글을 쓰는 과정은 뭉클하게 의미 있고 행복한 시간이었다. 내가 좋아하는 사람들과 함께 소중한 분들을 더 사랑하고 싶다. 멋진 활동을 기원한다.

최은미 가야 할 곳을 잃은 마음 소포가 있었는데 이제야 가야 할 장소에 머무르게 되어 마음이 한결 가벼워진다. 소포가 도착할 곳이 주부들의 마음이 모이는 곳이라 생각하니 글쓰기 선택을 잘한 것 같다. 진행해주신 작가님들 덕분에 감사한 마음으로 살아갈 수 있을 것 같다.

동 임   사실 내 인생을 크게 변화시킨 여러분들이 계시지만 그 첫 만남을 평생 잊을 수 없을 것이다. 사람이 사람의 생명을 쥐락펴락할 수 있는 세상이 가슴 아프다. 가족이라는 것 때문에. 깊은 사랑과 감사를 표현하기가 어색했다. 이 기회를 빌려 내 인생에 빛을 선사해 준 딸에게 마음 깊은 곳의 고백을 나눌 수 있는 것이 소중한 의미가 크다. 함께 도와주신 분들이 계시기에 가능했다. 마음 깊이 감사를 전한다.

김조은   처음 작업해 보는 공저. 손 내밀어주신 덕에 가벼운 마음으로 참여했는데, 글을 쓰면서 나의 지난날을 돌아보게 되었다. 함께 하는 분들의 글을 읽다 보니 이런저런 사연들이 있구나 싶다. 공감하며 읽어 내려가게 되는 마법이 이끄는 단톡방의 한 구성원으로 참여하게 됨에 감격스럽다.

엄해정   『내 인생을 바꾼 사람들』이라는 책의 제목이 맘에 들었다. 나 한 사람이라도 내 삶을 잘 살아가다 보면 주변이 조금씩 밝아질 것이라는 희망과 기대감으로 57명의 작가님과 함께 하게 되었다. 각자의 자리에서 충분히 빛을 내는 별님들과 공저 추억을 함께 하게 되어 기쁘다.

우윤화   평범한 삶을 살던 삼 남매의 엄마이다. 남편의 도움으로 나태했던 삶을 바꾸고, 여동생의 죽음으로 삶의 방향을 180도 바꾼 나의 이야기를 함께 나눌 수 있어 행복했다. 무엇인가를 글로 남긴다는 것은 매우 용기가 필요한 일이기도 하고, 매우 의미 있는 일이기도 하다. 용기를 낼 수 있게 도와주시고, 깊은 의미를 남길 수 있게 해 주신 모든 분에게 깊이 감사한다. 우리의 용기가 빛날 수 있도록 앞으로도 더욱 응원할 것이며 저도 힘을 내겠습니다.

장정이   '가장 소중한 사람은?'이라는 물음으로 시작된 글쓰기의 첫 문장을 쓰기까지는 꽤 오랜 시간이 걸렸다. 많은 사람이 주마등처럼 머릿속을 스쳐 가면서 감사함을 느끼게 되었고 그중 가슴속 뭉클한 장면을 찾게 되었다. 가족 안에서 소중한 사람으로 경험하게 된 기억에, 생명을 불어넣는 작업에 눈물이 흘렀다. 가족이라는 두 글자에 실로 어마어마한 역사가 담겨 있다. 가족을 든든하게 받치고 있는 '또 하나의 기둥'인 당신. 세상 모든 엄마의 삶을 응원한다!

이소희　아름다운 사람들과 느낌을 공유하고, 연대하여 마음과 마음이 연결되는 글쓰기를 하는 내내 가슴이 벅찼다. '내 인생을 바꾼 사람'을 쓰고 인연을 맺게 된 작가님들과의 연대는 나의 새로운 출발점이 되어 주었다.

양서연　함께 공동저서 참여해 주신 작가님들의 열정 어린 글을 보며 나 역시 인생의 지혜를 배웠다. 각자의 삶을 글로 승화시킨 작가님들의 빛나는 삶에 박수를 보낸다. 나 또한 아픈 과거가 아닌 성장을 위한 발판으로서의 과정이라 생각하며 글로써 치유 받을 수 있는 좋은 기회였다.

이은미　마음으로만 생각했던 감사함을 말로 표현하기가 쉽지 않았다. 이번 기회로 내가 하고자 하는 일을 즐겁고 재미있게 하게 된 지금에 감사하게 되었다. 좋은 경험과 마음 전달을 할 수 있는 기회를 만들어주시고 기획해주신 공저팀의 작가분들께 감사드립니다. 애써주시고 수고해주심에 감사합니다. ♡

조유나　인생에서 나에게 도움을 주고 인연을 맺은 사람은 엄청 많다. 그중에서 한 사람만 쓰라고 하니 엄마밖에 생각이 안 났다. 나를 위해, 가족을 위해 제일 많이 고생하고 애쓰신 엄마를 글로 쓰면서 고마운 마음을 조금이나마 전하고 싶다. 나 말고도 다른 분들의 이야기도 함께 할 수 있고 너무나 좋은 사람들과 같이 하니 더 의미 있는 일 같다.

김미조　우연히 줌 강의를 듣고 전혀 글을 쓰지 못하는 사람도 글을 쓸 수 있다는 나연구소 우경하 대표님의 '나는 1인 기업가다'라는 글을 쓰면서 전자책과 그림책을 쓰면서 참여하게 되었다. 우경하 대표님 소개로 이루미 작가님 이윤정 작가님, 권세연 작가님까지 알게 되어 정말 기쁘고, 끝까지 할 수 있다는 마음 열어주셔서 정말 감사하다.

오드리　일 년 전부터 꾸준히 글을 써왔기에 힘든 점은 없었다. 나의 책을 내기 위한 한걸음이라고 생각하고 정성을 다했지만 언제나 그렇듯 아쉬움이 남는다. 주부 57인의 도전자체가 흥미로운 도전이었다. 프로젝트에 참가한 모든 주부들의 삶이 빛나기를 바란다.

김순천　이 글을 쓰며 나는 머릿속의 한 부분이 정리되었다. 내 인생의 가장 중요한 힘의 원천이 어디인가를 명료화했다. 이 짧은 시간의 글쓰기는 보물의 재발견이라는 소중한 경험이 되었다.

조은미　괴테의 『파우스트』 마지막 구절이죠. "여성성이 세계를 구원하리라." 많은 것들을 비슷한 시기에 겪으면서도 우리는 어쩌면 엄마라는 이름으로 각자의 방에서 세상 밖으로 나오기를 주저했던 것 같다. 제 손을 잡아준 따뜻한 그 마음의 손길들 잊지 않을게요. 감사합니다. 사랑합니다. 공저에 참여하면서 다시 한번 ONENESS를 느꼈어요. 소중한 그대들과 함께 하는 이 활자의 추억을 오랫동안 간직하고 싶다.

강진아　아이들이 어려서. 나는 글을 써본 적이 없어서. 나는 나이가 많아서… 핑계를 대자면 끝도 없겠지만 용기 내서 글을 쓰는 분들을 만났습니다. 글은 마음을 열게 하는 마법이 있나 봅니다. 만나지 않아도 글로 느껴지는 연대감이 있나 봅니다. 함께하게 돼서 기쁘고, 감사합니다.

정연홍　내 마음속에 간직하고 있던 것을 글로 표현하니 쑥스럽기도 하고 부끄럽기도 하고 세상에 첫발을 내딛는 아이처럼 설렌다. 맞는 표현인지 자신에게 묻고 또 묻지만 아쉬움만 남는다.

한미정　살아오면서 고마운 사람들을 떠올리며 글을 쓰며 행복함을 표현하였다. 주부 57인과 함께 참여할 수 있어 가족들의 소중함이 아름다움을 가슴에 담았다. 마음에 담았다.

조혜숙　프로젝트에 참여하면서 가족을 생각할 수 있는 계기가 되어 고맙다. 사랑한다.

지해인　일상의 소소하고 감사한 순간을 기록하면서 다시 꿈꾸고 삶의 날아오르기를 희망하게 되었고, 건강과 가족의 행복에 조금 더 가까이 다가갔다.

작가님들 책 소개

응답하라, 3040주부!

힐링맘스(이윤정, 이루미, 임소라,
이진숙, 이정화, 윤정근) | 15,000원

'설거지 좀 더 즐겁게 할 수 없을까?'로 시작해 주부
일상 인증 모임이 만들어졌다. 주부의 흔한 일상을
카톡으로 서로 인증하며 재미를 느껴 그 일상을 한
권의 책으로 담았다. 별거 아닌 일상 덕분에 자신과
가족들이 성장해감을 느끼며 순간을 더 소중히 여기
게 되었다. 주부들과 그녀들을 아끼는 사람들에겐 공감과 이해를 돕는 책이 되고
가족을 움직이지만 티 안 나는 주부의 일상에 햇살이 되는 책이다.

작은 행복에 연연합니다

이윤정 | 2,000원

첫 전자책 『작은 행복에 연연합니다』는 우울증 극복에
대한 경험을 쓴 책이다. 일상에서 충분히 실천할 수
있는 것들을 통해 '일상'과 '삶'을 사랑하게 될 것이다.

엄마인 당신에게 코치가 필요한 순간

권세연 | 16,000원 (대만, 홍콩, 마카오 판권 수출)

애초부터 엄마로 태어난 사람은 없고, 꿈이 엄마인 사람도 없다. 어느 순간 아이가 태어나고, 엄마가 되었다. 내가 지금 어떤 감정인지 모를 때, 어디로 가야 하는지 방향을 잃은 느낌이 들 때. 누군가 내 마음을 어루만져주고, 손을 잡고 이끌어주면 좋겠다는 생각이 들 때 만난다면 더할 나위 없는 책이다. 엄마로 사는 것에서 벗어나 '나로 살고자' 하는 용기가 필요하다면, 지금 당장 이 책을 만나보자.

너는 왜 그렇게 살고 있니?

우윤화 | 2,000원

나의 삶을 바꾸고 나서 가장 많이 들었던 질문이다. 너는 왜 그렇게 살고 있니? 질문의 대답을 이 책을 통해 할 수 있어 감사하다. 우리가 살아가는 순간순간이 모두 소중하고 행복한 시간이 될 수 있도록 한 번쯤 나의 삶에 질문을 던져 보는 것은 어떨까? 오늘 누군가 당신에게 '너는 왜 그렇게 살고 있니?'라고 질문을 던질 수도 있으니까.

나를 알고 너를 담는다(에니어그램 실용서)

장정이, 임정희, 김남희, 신대정, 장소현, 최나진, 이은경, 임경아, 임윤근, 탁영란, 신유나, 이지혜, 염숙영 | 14,000원

에니어그램을 처음 접하는 분들에게 이론적 관점뿐만 아니라 14명의 고유한 삶의 이야기를 통해서 유형을 고찰할 수 있게 되는 책이다. 본질에 가까워지기 위한 노력이 담긴 성장 스토리를 통해서 당신의 삶의 이야기를 그려보고 느껴보고 체험하기를 바란다.

이 책을 통해 당신을 의식하기 시작하면. 늘 같은 방식으로의 선택이 아닌 에니어그램의 지혜 속에서 더 나은 선택과 당신이 원하는 방향의 삶을 살아가게 될 것이다.

엄마라는 이름

이소희 | 3,000원

'신은 모든 곳에 있을 수 없기에 어머니를 만들었다.' 엄마와 함께했던 기억으로 되돌아가는 과정은 때때로 눈물이 나기도 했지만. 기억을 글로 쏟아 내며 카타르시스를 느끼기도 했다. 마음속에 남아 있던 아픔을 비워가는 과정이었다. '엄마'라는 주제로 글을 썼기에 누구나 읽어도 공감할 수 있는 내용이라 생각한다. 읽는 이들에게 진정성을 주면서 동시에 나 자신의 마음을 진솔히 담아내고자 노력했다.

그녀들의 인생특강

이은미 | 20,000원

'누가 저의 이야기를 궁금해 할까요?', '누가 저의 시간을 듣고자 할까요?' 많은 궁금증과 불안함 속에서도 그녀들은 꾹꾹 눌러 시간을 기록했다. 그녀들의 진심이 모여, 지혜를 만들었고, 지혜가 모여, 강의가 되었다. 그녀들의 강의는 결코 어렵지 않다. 오히려 귀에 쏙쏙, 매우 쉽게 재미있게 다가온다. 왜 그럴까? 바로 우리의 이야기이기 때문이다. '나는 힘들었으니, 당신은 힘들지 않길.', '나는 고통스러웠으니, 당신은 비켜 가길.', '나는 슬펐으니, 당신의 슬픔도 잘 보듬길.', '나는 행복했으니, 당신도 행복하길.' 그녀들의 강의는 이렇다. 모두가 『그녀들의 인생특강』을 통해 조금은 안정을 찾길, 조금은 괜찮아지길, 조금은 즐거워지길, 조금은 행복해지기를 바란다.

지금 여기서 행복할 것

조유나 | 9,900원

내가 직접 사진 찍고 거기에 시를 써서 발표한 첫 시집. 잠깐잠깐 생각날 때마다 쓴 거라 나에게 특별히 의미 있는 시간이다. 처음 내놓은 만큼 부족함도 많겠지만 감성을 담아서 표현한 거라 공감하시길 바란다. 나의 일상·경험·감정을 통해서 많은 분께 긍정에너지를 주고 싶다. 모든 이의 행복을 기원하며 감사한 마음을 전한다.

나는 춤으로 시작해서
사회복지사업으로 1인 기업한다
김미조 | 5,000원

나는 오랜 시간 나 자신이 누구인지, 무엇을 원하는지 모르고 살았다. 그랬기에 삶이 행복하지 않았다. 나를 아는 것이 나의 모든 것의 시작임을 알게 되어 매일매일 춤을 추면서 나 자신을 알아가고 있다. 그런 경험으로 나 자신이 가장 소중하다는 가치를 세상에 전하고, 1인 기업가의 길을 가고 있다. 매일 춤을 추고, 강의를 하고, 동영상을 찍으면서 세상에서 가장 소중한 존재가 바로 '나'임을 널리 알리는 일을 하고 있다.

한 부모 가장의 1인 기업 성장기
양서연 | 5,000원

나는 회사가 인생의 전부라고 생각한 평범한 직장인이었다. 행복생활연구소 대표로 변신하면서 1인 기업가라는 새로운 세계에 들어섰다. 한 부모 가장이기 때문에 용기내지 못하고 망설이는 분들에게 도움이 되길 바라며 이 글을 쓰게 되었다. 본문은 좌충우돌 1인 기업가로 나아가기 전부터 나의 실패와 도전을 써내려간 내용이다. 어떻게 한 부모 가장, 여성이라는 편견을 극복하고 성장하게 되었는지 그 과정을 당당하게 기록하였다. 아울러, 한 부모 가장도 멋지고 행복할 수 있다는 자신감을 불어넣어 주는 에너지 넘치는 책이다.

바람 따라 설렘 따라

박금심 | 2,000원

첫 전자 시집이다. 짧은 감성 시 20여 편에 설레는 마
음을 담았다.
시에 그려진 그대는 나요, 당신이요, 하느님이다. 참
아름다운!

엄마도, 꿈이 있다

이한나 | 3,000원

꿈도 많고 하고 싶은 일도 많던 소녀가 20대 중반에
뭣 모르고 일찍 결혼해 이상과 다른 현실 결혼과 육
아를 겪으며 꿈을 잊고 있었다. 어느 날 큰아이가 "엄
마는 커서 뭐가 될 거야?"라는 질문에 나도 꿈이 있었
음을 알게 되었지만 현실에 익숙해진 나머지 나를 잊
고 전업주부로 무기력하게 살게 된다. 그러다 꿈을 끄
집어내서 버킷리스트에 막연히 적은 '작가'라는 꿈을 1년 만에 이루게 된 이야기로
가족의 조연이 아닌 삶의 주인공으로 살고 싶은 엄마들에게 추천한다.

볼 수 있는 것의 기적
백지원 | 5,000원

첫 작품 전자책 『볼 수 있는 것의 기적』은 예전엔 눈이 좋았었는데 어느 날 갑자기 나이가 들면서 노화로 인해 급격하게 나빠진 눈. 5년 정도 안경을 쓰고 불편했던 눈. 안경을 벗은 후의 성장하고 변화하는 행복한 삶과 경험을 나누고 싶은 책이다. 눈 건강을 원하는 이들에게 많은 도움이 되길 바라본다.